解之诗钞

安徽师范大学中国诗学研究中心资助项目

许结 著

江西教育出版社
·南昌·

赣版权登字-02-2023-153
版权所有 侵权必究

图书在版编目（CIP）数据

解之诗钞 / 许结著. —— 南昌：江西教育出版社，2023.8
（中国当代学人诗词选集 / 钟振振主编）
ISBN 978-7-5705-3694-8

Ⅰ.①解… Ⅱ.①许… Ⅲ.①诗词-作品集-中国-当代 Ⅳ.①I227

中国国家版本馆CIP数据核字（2023）第103409号

解之诗钞
JIEZHI SHICHAO

许 结 著

江西教育出版社出版
（南昌市学府大道299号 邮编：330038）

各地新华书店经销
江西赣版印务有限公司印刷
787毫米×1092毫米 32开本 6.75印张 100千字
2023年8月第1版 2023年8月第1次印刷

ISBN 978-7-5705-3694-8
定价：55.00元

赣教版图书如有印装质量问题，请向我社调换 电话：0791-86710427
总编室电话：0791-86705643 编辑部电话：0791-86705903
投稿邮箱：JXJYCBS@163.com 网址：http://www.jxeph.com

总序

诗词何物？天地其心。发自性情，形诸歌咏。言志则乘风破浪，抒怀亦吐蜃成楼。读十万卷书以走马光阴，追五千年史于飞鸿影迹。梦笔生花，借以干乎气象；挦云拭月，得其助于江山。若长松与老柏，铁干铜柯；暨黄菊兮绿梅，春馚秋馥。怪力乱神，子之不语；兴观群怨，予或能为。乃有专攻术业，余事诗人。偶尔操觚，居然成帙。各精铨以诚恳，皆煞费其踌躇。碧桃红杏，元非栽天上云霞；跻圣谪仙，亦只食人间烟火。情钟我辈，肝肠岂别于邻家；友尚古贤，流派何分乎学院？虽然，腹笥果丰，出言尤易；舌苔稍钝，入味孔艰。吞囫囵于汗漫，百度凭他；化腐朽为神奇，六经注我。书说郢燕，美学何妨接受；薪传唐宋，神思即畅交通。树异军之一帜，倡实皖南；市骏骨以千金，仔空冀北。东海珠珍，勤网罗而有赖；西江月皎，长照耀以无亏。忝窃主编，愧难副望。聊为喤引，以当嘤求。

癸卯夏至前三日，南京钟振振撰

序

余幼承庭训,略闻声律,少长揣摩古学,习为缀句,始知诗乃心声,词为言助,偶有吟咏,因缘感发,未计工拙,故此诗集之编,亦心声之献酬也。然则人生际遇,时运也哉,章句生涯,可观文运之否泰。余幼逢家难,少年坎坷,时嗟衣食,何来吟兴?昔言诗穷而工者,非老成如少陵之宏篇,何敢有企心愿望。天运转蓬,余得以从教为业,始视文章为职志,终日乾乾,持论案牍,却寡有吟兴。且治学偏于辞赋,雕虫绣帨,浴目不离,时滞灵动之意;月露风云,充耳未闻,犹失自然之心。然幼时记忆,萦诸怀抱,见物生意,触景生情,乃人之常性,于是观诸旧作,或纪游,或纪学,或纪事,或赠答,或怀人,倚声留句,以记其行迹,存兹念想。余之诗,因随兴而作,杂乱无章,所幸学棣宋君永祥为之编排,规模略具,卷帙是成。尝思乡先贤刘海峰先生"因声求气"之说,余以为倚声者,但求生气而已矣。

癸卯年正月初十日解之许结自序于金陵赋心斋

目录

总序

序

纪游

游江浦兜率寺 / 001

庐山牯岭镇夜步 / 001

游江北狮子岭二绝句 / 002

祁云山 / 002

绩溪 / 002

庚寅夏日与许波诸学棣一行六人同登紫金山 / 003

游三台洞观音主题公园 / 003

与友人春游燕子矶 / 003

夜宿余杭 / 004

从南泥湾登车赴壶口瀑布 / 004

壬辰岁初冬与诸学棣登摄山观红叶 / 004

友人邀往江北劳山，不意至狮子岭兜率寺，因思旧游，感赋小诗 / 005

与三夕、红卫二教授同游西陵峡口"三游洞"即兴 / 005

与程维、明莲、刘祥、元皓诸学棣游香泉 / 005

龙泉泉眼 / 006

参观洋河酒厂 / 006

初入阿里山 / 006

夜行山道忆白日小笠原闲眺 / 007

与宪章教授，林岩、征宇学棣同登荆州古城 / 007

与易展学棣同游光雾山黑熊沟、香炉峰 / 007

响水云梯关旅游开发 / 008

游安溪清水岩即兴 / 008

小巫峡 / 008

与务正、思豪、安生同登岳阳楼 / 009

五一小长假，与万光治先生游京口三山（金、焦、北固）一渡（西津），归走栖霞山，并留影拙撰赋碑前，作短律一章以记 / 009

游西江千户苗寨步晓卫兄原玉 / 010

苗寨游步宗文兄原玉 / 011

苗王寨夜饮新科教授传酒法五步 / 011

苗寨赠闻晓兄 / 012

游龙潭大峡谷步晓卫教授原玉 / 012

桐城行杂咏 / 013

淮南行四绝句 / 016

黔中行十绝句 / 017

长洲行六绝句 / 020

南阳行十绝句 / 021

黔南瓮安行十绝句 / 024

邛崃行十绝句 / 027

惠州行三绝句 / 030

秦中行九绝句 / 031

洛中行即兴八绝句 / 033

即墨龙泉湖公园诗十一首 / 035

仙林湖八景诗 / 038

丁酉春湘豫行杂咏 / 040

藏行诗纪 / 042

东行杂咏 / 046

冰城哈尔滨杂咏 / 050

金门行杂咏 / 052

深、莞行诗 / 054

黔、蜀、渝行十绝句 / 056

纪学

《汉代文学思想史》代序 / 059

夜读《金刚经》 / 060

读《孟子》一则 / 060

《庄子》内七篇读后 / 061

夜读林岩博士论文口号一绝 / 063

夜读濂溪《易通》说"诚" / 063

读程丽则《绿水青山入梦来》 / 064

读龚克昌《中国辞赋研究》 / 064

读《莫砺锋诗话》 / 065

丁亥深秋参加相如县建县一千五百周年暨国际相如文化
研讨会 / 065

戊子秋随"江南诗人学术访问团"访台 / 066

《诗囚》出版感赋 / 066

读《大明庐吟稿》 / 067

欣闻召开卞孝萱先生学术研讨会感赋短句并序 / 067

五律一章 / 068

审读晓光博士论文观至后附《学记》,即兴感赋 / 068

审读李征宇学棣博士论文稿,感赋五律一章以勉 / 069

《诗苑偶涉》序并诗 / 069

出席洛阳第三届海峡两岸论坛暨周公文化节、《周公赋》
颁奖仪式即席感赋五律 / 069

题袁昌齐先生诗集 / 070

己亥岁末三亚访光治先生并与晓卫兄大东海滨欢会 / 070

参加香港大学主办"科举与辞赋"国际研讨会 / 070

西安参加第十一届国际辞赋学术研讨会 / 071

与三夕、兆鹏、新文诸兄参加《长盛川赋》研讨会 / 071

读伯伟兄书简附《斋名变迁与进德修业》演讲稿感赋小律 / 071

参加安师大首届桐城派研究读书会,听七篇论文报告即席
   赠诗 / 072
伏俊琏教授主编《写本学研究》将刊行,因题句 / 074

纪事

参观川中 5·12 汶川特大地震纪念馆 / 075

初三日八卦洲漫步随感 / 076

过江往浦口校区上课 / 076

隆曦孙满月 / 076

游瓮安朱家山回县城与文联诸友欢聚即兴 / 077

贵阳孔学堂讲演毕晓卫兄邀饮彩歌堂 / 077

乙未冬京华会宝增兄及诸氏弟子 / 077

星洲绝句 / 078

与众友访李立信教授私邸,因赏唐莲花瓷罐、宋元刻本等珍
   稀宝物 / 079

壬午秋月与诸师友作徐州、沛县之行,参观汉墓汉画像石棺,
   登歌风台,感慨良深。归读章灿教授华章,渊懿典雅,钦
   慕不已,因步其韵,空号一首以报 / 080

丙戌夏七月初一作小诗一首,恭贺中国诗学研讨会胜利闭幕 / 080

祝贺洛阳辞赋研究院成立 / 080

龙门诗会启动仪式志贺 / 081

第十届国际辞赋学学术研讨会开幕式贺诗 / 081

观黔南"瓮水长歌"表演并为瓮安授"辞赋之乡"牌 / 081

贺凤凰出版社三十周年庆典 / 082

五律贺南大文学院百十周年庆典 / 082

题咏"中国辞赋之乡"瓮安 / 082

第十二届国际辞赋学研讨会贺诗 / 083

祝贺江苏省诗词学会成立三十周年暨《江海诗词》出刊百期 / 083

祝贺《历代赋学文献辑刊》出版发行暨座谈会 / 083

扬雄中心成立即兴 / 084

安徽师范大学九十华诞 / 084

写在第十三届国际辞赋学研讨会召开之际 / 084

安徽师范大学文学院以先君子名设立"许永璋奖学金"首届颁奖仪式,忆昔先君子训诫结教学治学有"不钓虚名种福田"诗句,因成小绝 / 085

莲池书院讲赋,找出光绪年间曾祖希白公古莲池授课时所用小皮箱,拍照投影给河北大学同学及莲池工作人员一览,课毕,口占小绝 / 085

参加桐城派研讨会致词即兴 / 085

贺凤凰出版集团作者年会 / 086

祝贺江苏古代文学学会2021年年会召开 / 086

祝贺第十四届国际辞赋学研讨会在澳门大学召开 / 086

周本淳先生百年诞辰纪念会感赋 / 087

金陵诗社成立三周年庆 / 087

赠答

春日薄暮登石头城寄张沛君 / 088

寄狮城诸学友并序 / 088

送樊雨新疆支教 / 089

务正撰文考辨"桐城谬种"赠诗一首 / 089

贺炯兄耆寿 / 090

务正学棣撰硕士论文《晚清民国桐城文派研究》成,三载辛勤,颇见创获,予乡梓旧学得以重光,欣慰之余,草此小诗,以供补壁,或寓劝勉之意云 / 090

贺卞孝萱先生八十寿诞 / 090

谢张宏生兄新茶 / 091

甲申仲夏与务正、樊雨、于兵、海波诸学棣同游鸡鸣寺,登豁蒙楼,遥眺北湖烟柳、钟阜晴云,把酒临风,清谈移时,感赋小诗,兼送樊雨学棣之广州 / 091

赠王海波 / 091

赠王婷 / 092

赠耀霆兼寄亭亭 / 092

题赠新加坡七、八届硕士班学友 / 092

赠李新宇 / 093

赠潘务正 / 093

赠刘小兵 / 093

赠黄跃耀 / 094

赠孙莹莹 / 094

《桐城诗词》辟专栏悼念先父永璋先生,真情挚谊,感荷良深,

因成长律一章，寄奉"诗学会"诸乡贤诗友 / 094

孙伟喜得千金，依东坡《聚远楼》诗"赖有高楼能聚远，一时收拾与闲人"诗意，取佳名曰"与闲"，因成藏头小诗一首以贺 / 095

宏律法师美国来鸿，有岁月匆忙，狼吞虎咽之叹，因成小诗以寄意。 / 095

赠于兵 / 095

赠黄正国 / 096

赠肖潇雨 / 096

赠蔡少青 / 096

孙武军、金晶嘉礼赞诗 / 096

赠新加坡九、十届学友 / 097

赠运好 / 097

赠国宏 / 097

赠建忠 / 097

赠卓颖 / 098

赠丽娟 / 098

赠胤秋 / 098

和冯干诗"幽"字韵 / 098

寄易展学棣 / 099

祝贺"甘肃古代文学学会"成立，兼寄赵逵夫教授 / 099

赠杨许波学棣 / 099

赠解婷婷学棣 / 100

赠新加坡张俊杰学友 / 100

秋日夜饮秦淮河畔，步宝增即席诗"庚"韵以和 / 100

郭维森先生八秩寿诞志贺 / 101

友人马君于金陵创立首家"特殊教育博物馆"，馆内陈列
　历史各国"特教"事迹与物件，开辟之功，令人钦佩，
　因成小绝，乃遵马君嘱为之"题辞"耳 / 101

南京大学域外汉籍研究所创建十年，筚路蓝缕，蔚然大成，
　感赋小诗，谨奉百一砚斋主人 / 102

赠新加坡南大中文硕士班第十三、十四届学友 / 102

参观特教学院赠马君 / 103

赠黄生卓颖 / 103

赠王生思豪 / 103

赠安生宁 / 104

赠李生家海 / 104

九月九日登金陵北山抒怀兼寄诸兄弟 / 104

泉州赋会忆游兼寄务正、许波、易展三学棣 / 104

答谢宣燕华贺生日短信 / 105

李征宇、赵明学棣来访，有酒、茶、红枣之馈，复伴游石头城，
　作小诗以报 / 105

和邦培诗家读《诗囚》"歌"字韵 / 105

祝飙学兄新年北美来鸿，有"异域团圆饭"之感怀，因步
　元韵以和 / 106

贺赵逵夫先生七秩寿辰 / 107

贺黄卓颖学棣嘉礼 / 107

贵阳赋会赠训国兄 / 108

黔东南行忆侯氏姊妹 / 108

谢国申兄寄饴糖 / 108

祝贺香港浸会大学创建"饶宗颐国学院"兼寄陈致教授
并序 / 109

题赠四川文理学院巴文化研究院 / 110

敬贺江西《双峰乡志》编成并寄闻晓兄 / 110

五律五章赠五学棣贺五论文撰就 / 111

仲夏夜喜获宏生兄邮发去岁浸会三人演讲录音稿,因思岁月
悾偬且可留恋者多,感赋一律以赠 / 113

江上谈诗吟赠瓮安作协主席周雁翔先生,用朱子《鹅湖寺和
陆子寿》诗原韵 / 114

步浙东诗赋家周晓明先生赠诗原玉 / 114

炯兄七十寿辰设宴东宫大酒店紫金厅赋藏头贺诗 / 115

赠邓稳学棣 / 115

赠王志阳学棣 / 116

赠黄若舜学棣 / 116

赠钟波学棣 / 116

百一砚斋主《读南大中文系的人》翻读,即兴成小绝以呈 / 116

赵明学棣撰硕士论文《南宋诗人苏泂研究》成,感赋小绝以赠 / 117

毛锐学棣以"刘开(孟涂)研究"为硕士题久未完稿,因成
小绝以励之 / 117

即席和唐志远学棣陪游凤凰城诗 / 117

赠程维学棣 / 118

赠禹明莲学棣 / 118

忆十八月潭之游临别赠易展、饶丽贤俪 / 119

赠安生 / 119

赠刘泽 / 119

赠刘祥 / 119

赠赵元皓 / 120

步言恭达元玉 / 120

赠唐颢宇二首 / 120

赠时俊龙 / 121

成都赋会赠朝谦兄 / 121

贺简宗梧先生八秩寿辰 / 121

张舵学棣以"唐赋中庄子"为论文获硕士学位志贺 / 122

梁秀坤学棣以"历代赤壁图"为论文获硕士学位志贺 / 122

欣闻《历代赋汇》校订样书印出,感成短律一章赠樊昕学兄
晒正 / 122

己亥春《莫砺锋文集》出版,谨赋短律以贺并呈砺锋先生
雅正 / 123

赠陶冉 / 123

赠王希圣 / 123

赠牟歆 / 123

送思豪之澳大任教 / 124

刘泽学棣以"赋病疗疾"为博士论文,戏作短律题赠 / 124

许玄、何怡然嘉礼贺诗 / 124

避疫居家,闲翻务正点校《沈德潜集》之《归愚诗钞》,成短
律一首兼寄居家避疫之潘皖江 / 125

庚子春日欣获漆雕世彩赠联语感成短律 / 125

安生学棣博士毕业以域外韩学成论文，将北去京师，临行赠小诗以记 / 125

稼雨先生惠赠名师讲堂大著《世说新语与魏晋风流》，感赋短律以贺 / 126

送永祥学成归芜湖任教 / 126

辛丑新春成短律题赠兰亭会 / 126

宣燕华学棣通过博士论文答辩，索句七言，因成长律以贺 / 127

壬寅初春口占短律赠剑波兄 / 127

赠陈丽娟 / 127

赠刘天宇 / 128

八咏歌贺周勋初先生八十寿辰 / 128

怀人

中秋夜怀诸学棣 / 131

薄暮闲登石头城健足怀友人 / 131

癸巳夏皋月十七日务正、许波、晓光来议赋汇事，与在宁诸学棣聚会仙林中心某酒楼，欢娱间因忆建辉、新宇，余心感之，赋七律一章以记兼寄诸君 / 132

追怀洪顺隆先生并序 / 132

悼建辉 / 133

哀父词 / 134

戊子清明前十八日，父母双亲灵鉴 / 134

清明日祭祀南郊忆先父 / 134

追怀郭维森先生 / 135

哭张晖博士 / 135

哀忆新宇 / 135

读先父《哀南京》诗感赋并序 / 136

悼念傅璇琮先生 / 136

痛悼汪公矛珠吾兄 / 137

哀悼宗文兄 / 137

杂记

杂诗 / 138

无题 / 138

新年杂咏 / 138

代友人戏作二首 / 139

梦觉闲吟 / 140

非典隔离小诗 / 140

土地咏叹调——王地与地王 / 140

看电视直播广州亚运会开幕式有感 / 140

取"博"咏叹调 / 141

端阳节前夜伤卧叹水殇 / 141

愚人节感怀 / 141

网上恶搞杜甫,或愤怒,或购物,或驾车,感其想象丰富以赞 / 142

2010年元旦抒怀 / 142

2011年元旦抒怀 / 142

2012年元旦抒怀 / 143

2013年元旦抒怀 / 143

2014年元旦抒怀 / 143

2018年元旦抒怀 / 144

2019年元旦抒怀 / 144

2020年元旦抒怀 / 144

2021年元旦抒怀 / 145

2022年元旦抒怀 / 145

生日小诗 / 145

题掼蛋王牌 / 146

题佳人凝睇图并序 / 146

咏张平子 / 147

徐福下东瀛有感 / 147

咏云梯关步朱文泉将军元玉 / 147

步明人郭汝霖《钓屿》诗原韵并序 / 148

海东诗抄杂咏 / 149

香江杂诗 / 153

《半岛之半》附诗"百绝句" / 159

附

望海潮·纪梦 / 185

沁园春·与内子游香港离岛南丫 / 186

八声甘州·梦长洲 / 186

梦江南 / 187

清平乐·赠江汇学棣 / 187

蝶恋花·二十四中学（成美）百十年校庆志贺 / 187

清平乐·元日 / 188

莺啼序·闽中行纪 / 188

沁园春·癸巳元日晨兴倚声戏作 / 189

鹊桥仙·财神情人共节吟 / 189

西江月 / 190

临江仙·次韵晓卫兄2015年元旦有作 / 190

画堂春·丁酉元旦寄诸友 / 191

醉花间·读《闲数落花》赠王一涓 / 191

清平乐·戊戌春节 / 191

调笑令·己亥春节 / 191

江南春·庚子春节 / 192

清平乐·辛丑春节 / 192

清平乐·壬寅春节 / 192

纪游

游江浦兜率寺

北山狮岭秀, 兜率出云端。

佛法清明地, 宗传净土坛。

莲花开盛世, 迦叶濯鸣湍。

为问尊师意, 琴心夜月寒。

庐山牯岭镇夜步

山街餐秀色, 偶听夜禽鸣。

俯瞰庐天外, 浔阳一线明。

游江北狮子岭二绝句

曾记去年游北山，　狮岭秀色入眼囊。
那堪牛目骚然视，　野趣匆忙坠夕阳。

人生路上几多山，　家国身心共一囊。
愿借擎天五色笔，　与君画出好篇章。

祁云山

祁云山色秀，　何必逊黟黄。
梦入南华境，　仙乡即故乡。

绩溪

绩溪文脉胜，　货殖亦多才。
白话标新帜，　和谐梦里来。

庚寅夏日与许波诸学棣一行六人同登紫金山

久慕东山趣， 寻幽在紫金。

师生同敝屣， 谈笑听鸣禽。

不屑苏门啸， 何来白发吟。

六朝烟景地， 牛女对奎参。

懈翁曰："东山趣"，指谢康乐隐处东山故事；"敝屣"，用舜视天下为敝屣意；"白发吟"，代指历代文人叹息发白之咏；末句以星宿喻指许波学棣毕业后将赴西北工作，登高送别于六朝烟景之地，故有是咏。

游三台洞观音主题公园

江边信步起寒吟， 把酒临风忘古今。

八卦洲头春色好， 三台洞里拜观音。

与友人春游燕子矶

春色临江境影清， 遥观石燕掠空行。

无端唤起诗人梦， 一曲新声一段情。

夜宿余杭

客宿余杭境，　苍茫夜气融。
多情思白菜，　国学忆章疯。
案牍形神苦，　文章左右中。
轩窗景色异，　小立浴秋风。

从南泥湾登车赴壶口瀑布

一堑分秦晋，　登车作胜游。
狂涛进碎石，　激浪破中流。
雾气萦天日，　浮桥断月钩。
惊闻西北调，　胡马大河秋。

壬辰岁初冬与诸学棣登摄山观红叶

幼岁朦胧逸兴遐，　曾经伴足自行车。
枫红古刹钟声远，　日丽青峰树影斜。
千佛何年销石首，　祖龙几度踏云霞。
殷勤摄像留珍重，　莫让春心梦落花。

友人邀往江北劳山，不意至狮子岭兜率寺，因思旧游，感赋小诗

漫漫行山放远眸，　恍然蓦至步难收。

狮峰秀色萦幽梦，　古寺春风忆旧游。

野域花林藏鸟迹，　浮生意气弃貂裘。

松筠小径圆霖塔，　路过无言往事悠。

与三夕、红卫二教授同游西陵峡口"三游洞"即兴

三游隔代复三游，　契翕嘉宾涤旧愁。

最是情钟奇丽景，　西陵峡口对江流。

懈翁曰：三游洞取名于唐人白居易、白行简兄弟及元稹同游而来，称"唐三游"，至北宋苏氏父子洵、轼、辙进京过游于此，称"宋三游"，余与张三夕、彭红卫二兄同游此处，笑谓"新三游"。

与程维、明莲、刘祥、元皓诸学棣游香泉

湖碧波澄落影清，　寻山眺远意纵横。

与君共汲温泉水，　涤尽疴疡致太平。

龙泉泉眼

湖上闲游一叶舟， 无声泉眼最情柔。
微风掠岸催春色， 唤起龙吟活水流。

参观洋河酒厂

湿地邻洪泽， 春风柳色明。
心随绵柔动， 梦逐酒香萦。
千窖开奇境， 百年拾落英。
与君同一醉， 经典海天情。

初入阿里山

天光水色映有岚， 栈道飞车胜境探。
应是春风亲阿里， 花香诗路客心酣。

夜行山道忆白日小笠原闲眺

相携行曲径， 拾级古藓斑。

万木峥嵘起， 千峰显隐间。

微风吹雨露， 皓月入云鬟。

最爱痴情处， 雾中看玉山。

与宪章教授，林岩、征宇学棣同登荆州古城

吴蜀交争魏势强， 古城遥望气苍凉。

登临除道怀千虑， 戏说图文纵一航。

居正华居荆市半， 屈原郁屈楚天殃。

若非大意无关圣， 赧色何成义利方。

与易展学棣同游光雾山黑熊沟、香炉峰

光雾山奇境， 逍遥戏黑熊。

银波惊乱石， 丽色泼花丛。

笋立枫红外， 人行画障中。

群峰萦白絮， 好梦在川东。

响水云梯关旅游开发

云梯胜迹载图书， 拾级临观识面初。
江汉朝宗连海岱， 关山明秀夺青徐。
悲心故鹤惊残梦， 快意游人憩我庐。
莫羡禹王勤水日， 太平时节品清蔬。

游安溪清水岩即兴

岩立名清水， 东南出圣泉。
蓬莱何处觅， 振锡祖师禅。

小巫峡

巫峡何言小， 晴光雾色新。
南江佳丽地， 水脉亦通神。

与务正、思豪、安生同登岳阳楼

崇楼可上不宜歌，　一幅华章众手摩。

投足人生附骥骤，　回眸素业叹蹉跎。

古今笑看名山事，　忧乐清言岁月过。

应是希文遥望处，　斜阳落照洞庭波。

五一小长假，与万光治先生游京口三山（金、焦、北固）一渡（西津），归走栖霞山，并留影拙撰赋碑前，作短律一章以记

自驾游京口，　三山一渡连。

金焦邻北固，　宾主对长川。

路转林荫道，　心期五岳巅。

栖霞多胜迹，　合影赋碑前。

游西江千户苗寨步晓卫兄原玉

牛角峥嵘翠碧阑, 临高眺望客心宽。

秋风渐散浮云垒, 远目轻开落水滩。

苗寨欢歌长桌慢, 诗人奏节古筝残。

他乡劝饮君须醉, 月色无声照半栏。

懈翁曰:"牛角峥嵘翠碧阑",登观景台看苗寨如牛角状;"苗寨欢歌长桌慢",苗寨特有之"长桌宴",余居中戏曰"苗王",长歌一曲为乐;"他乡劝饮君须醉"苗族歌女以牛角盛酒劝饮,捏鼻揪耳,无所不能。

附:王晓卫《七律·致赋学会诸同仁》

守道耽文意未阑, 山行好令酒肠宽。

瀑随云阵遮峰岭, 寨送风谣溢壑滩。

叩月敲星天地近, 访民问事古今残。

梦魂曾到坤仪外, 舞过仙潢醉碧栏。

苗寨游步宗文兄原玉

西江苗族户千家，　薄暮登临细雨斜。

古道沧桑人不寐，　长歌一曲醉秋花。

附：徐宗文《游黔东南西江千户苗寨》

西江千户有苗家，　汉水秦山古道斜。

风物犹为他日景，　衣巾亦作向时花。

苗王寨夜饮新科教授传酒法五步

仰望星空夜未央，　因声鸟啭气求长。

巡游覆盖神情爽，　叹息人生美杜康。

苗寨赠闻晓兄

大笔纵横意气深， 跨行历井又扪参。

他年忆及苗王寨， 出入诗心得赋心。

<small>解翁曰：易闻晓教授诗学大家，亦写赋高手。今又治赋学，主办十届国际赋会，大获成功。</small>

游龙潭大峡谷步晓卫教授原玉

龙潭峡谷费思量， 叠浪层云落照光。

举首天碑惊鹄立， 回观大赋势鹰扬。

无端万佛朝宗地， 疑似三生隐逸乡。

碧水青山闲步影， 秋风又送好诗章。

附：王晓卫《重游龙潭大峡谷》

长沟不与客商量， 竖抹横描五色光。

一水轻摇珠玉乱， 千山欲动黛眉扬。

思栽五柳无闲土， 漫品三玄有梦乡。

日晚银纱遮绿紫， 合吹短笛续华章。

桐城行杂咏

庚寅岁冬,余偕诸学棣王君思豪、黄君卓颖、蒋君晓光游文都桐城,四日逍遥,其乐融融。游访之地,有孔城老街之古雅,有百步云梯之险峻,有桐城中学之旧迹,有张宰相坟之巍峨。或寻戴名世墓于荒草之间,或观披雪瀑景于形胜之地。兴之所致,于惜抱楼前,讲演引众生之哗笑;在石雕卷旁,留影存晓光之精神。投子寺中,油壶和尚之搞笑;嬉子湖畔,盈桌水族之饕餮。时过境迁,印象犹深,因成俚句,以记其趣。

桐城中学

勉成国器在桐中, 仰望先贤道未穷。

步屣回廊寻旧迹, 往来今古意朦胧。

懈翁曰:桐中门首横梁,镌有吴挚甫书"勉成国器"四字,校训典雅,异于他校之"团结紧张""严谨求实"云云。而桐中旧校,乃先严早年执教之地,抚今思昔,不胜怅然。

访戴名世墓

同车曲径路迢遥, 满目荒凉尽艾萧。

忆昔南山文字狱, 残阳墓石说前朝。

懈翁曰:戴墓在孔城乡间,几无人知晓,幸得桐城师范程先生引领,方寻访得至。时夕阳西下,荒草盈野,南山冤狱,经数百年惨烈已销,而落寞于斯,亦可叹也!

六尺巷

巷宽六尺意深长，　多少强梁竞败亡。

执戟清廷张宰相，　和谐社会着新装。

懈翁曰：六尺巷乃桐城张、吴两家礼让之地。据民间传说，张英为清廷宰辅，富贾吴氏因争宅地，触怒张府，故传书京师以诉其状，张相即作诗代书复云："一纸家书只为墙，让他三尺又何妨。长城万里今犹在，不见当年秦始皇。"于是两府各让三尺，而成六尺巷之佳话。又据云某高官视察桐城，以六尺巷为和谐社会之榜样，地方政府受命大喜，申请拨款，重修旧迹，焕然一新，科学发展，化腐朽为神奇矣！

文和园

满汉君臣讳忌深，　文和园内起长吟。

巍峨石道开神道，　气压龙山日驭沉。

懈翁曰：文和园，俗称"宰相坟"，乃清廷宰辅张廷玉之墓。考汉臣受制满人，载诸史册，稍有不慎，断颈陨首者有之。然观张宰相之墓，神道巍峨，石人石马，奇珍异兽，文武僚佐，参列两旁，犹如一小"皇陵"。而登"陵"遥望，其地高旷，近则古木参天，远则气压龙眠，乡曲人臣，富贵生死，莫过于此。桐城乡间有谚云：千人挣（指挣钱），不如一人困（睡觉，此指死葬风水佳地）。

游披雪瀑

披雪垂天一线崇，　水光石色觅奇踪。

可怜拾级婴珊上，　道尽途穷说卧龙。

懈翁曰：披雪瀑，龙眠山之美景也。昔人云不穷尽处，难得奇景，此游观之一境也；或谓止于美景，莫穷其地，留予想象以空间，此游观之又一境也。余观"披雪"，以后一境为佳。何谓"披雪"，古有两解：一则飞瀑迸珠，犹如雪花飘拂；一则日照石壁，视若雪瀑披洒。初观飞瀑，虽冬季水弱，然垂天一线，令人惊叹；路转峰回，阳光斜照，石壁如雪，亦奇景也。据导游图介，飞瀑之上有"卧龙"平湖，于是拾级婺珊而上，至则一小黑水塘耳，前之游兴，减损过半，读书之道，或亦有此之悔。

投子寺遇油壶和尚

投子无情却有情，　千年未绝梵钟鸣。

山川事迹多瑰丽，　油壶僧人胡乱评。

懈翁曰：龙眠山投子寺，传为三国鲁肃投子为僧之地。余师徒四人，迤逦来游，景观无奇，兴味萧索，惟见一手提油壶之胖僧，面如小品演员黄宏，解投子，话桐城，极尽搞笑之能事，且相中晓光，欲收为徒，余心忿忿，不容夺爱，因记以讽之。

百步云梯攀崖观宋代刻石

胜迹难寻险处询，　摹崖宋刻亦奇珍。

相携踏石攀藤望，　莫作文人学野人。

懈翁曰：书斋久坐，如此放野，快哉！

"天下文章"石雕前留影

文章著我即佳章,留影桐城石卷旁。

外域乡情频换位,晓光独占待春光。

懈翁曰:桐城师范校园有石雕书卷,展开者镌刻程晋芳、周书昌语:"天下文章,其出于桐城乎!"旁树书册,乃戴名世、方苞、刘大櫆、姚鼐、曾国藩诸集。余与思豪皆桐城人,故恭立书册留影,以彰桐城之美;卓颖湖南人,则以身遮蔽方、姚诸集,仅留曾文正公,岳麓才子之心昭然;晓光占籍湖北,更用身位挡住"桐城乎"三字,以图像代语象,成"天下文章其出于晓光乎"!呜呼!人不为己,天诛地灭,然古之学者为己,信然而有道!

淮南行四绝句

寄金生奎学棣重游八公山

三年又到淮南宫, 健足仙游访八公。

树下闲谈勤格物, 云间謦欬过飞鸿。

晨登舜耕山

馆舍青山曰舜耕, 晨登石级鸟欢鸣。

迎风驻足如相问, 名若可名自不名。

豆腐宴

琳琅满目色香全， 一味神奇豆腐传。
大汉侯王南国梦， 可怜赢得客流涎。

淮南师院讲演

师儒旧教溉新田， 一席铺张口若悬。
最爱群生勤学志， 笑谈击节续歌弦。

黔中行十绝句

天河潭

天河泼浪众山巅， 百折千回断若连。
微缩黔中佳丽地， 长歌击节助行船。

黄果树瀑布

巨瀑披山百叠泉， 群星闪耀落天渊。
奇观应是帘扉里， 声震喧豗浪拍肩。

天星桥

天星坠石自成桥, 满目仙人掌上娇。
雾色朦胧迷乱处, 鸣鸾和凤听吹箫。

阳明洞

解蔽修心入洞中, 阳明学术建奇功。
何来乱世鄙微子, 白日青天叹道穷。

晚登甲秀楼品茗

初上华灯甲秀楼, 文心聚合几春秋。
江南茗色清新意, 不及此间一曲讴。

黔灵山

黔中胜境数黔灵, 山势峥嵘水色青。
最爱猕猴心态好, 与人戏乐共温馨。

弘福寺

信步闲停弘福寺， 山中佛国对新城。

观音衬影禅心动， 一炷高香济众生。

乌江渡

突破乌江曾几时， 当年寥落亦雄师。

连绵宴席欣饕餮， 木朽虫生晷度移。

花江狗肉

狗肉花江贵域中， 火烧水煮各神工。

客心未敌主人意， 酒罢醺然话沛公。

谢饮茅台

东南有客西南友， 把臂相携意纵横。

一掷千金茅氏酒， 无端醉卧贵阳城。

长洲行六绝句

余临别香江,独自作外岛长洲游,感成六绝句。

东、西湾

步入长洲境, 东西两道湾。
缘阶兴白浪, 远望似云鬓。

北望亭

北望亭中坐, 南疆即海疆。
闲观风雨起, 戏水几狂郎。

观音滩浴场

天然沐浴滩, 竞技脱衣冠。
谑戏群男女, 观音坐上看。

张保仔洞

长洲张保仔， 乱石洞中藏。
义盗人称颂， 风帆意气扬。

五行石

大块天工积， 俨然巨石衡。
喧声惊海觉， 浪拍五行生。

小长城

风光奇异地， 海岸小长城。
怪石骈阗立， 群雄玉玺争。

南阳行十绝句

南阳四圣

南阳四圣智科商， 更有神医救世方。
东汉三贤名海内， 春秋少伯濯沧浪。

谒张衡墓并参观博物馆

当代著述慕南阳， 地动浑天大赋光。

应是同声千载后， 欣然一卷室中藏。

医圣祠

救人济世一身当，论病伤寒亦圣王。

故国乡情传诵久，满街小贩唤医汤。

卧龙岗

三分天下缘三顾， 一室茅庐一段恩。

远望隆中勤对策， 卧龙岗上近黄昏。

汉画像馆

馆陈画像尽琅玕， 狩猎耘耕壁上观。

触目惊心循汉石， 龙藏虎卧地天宽。

南阳府衙

漫步青衿入府衙， 三开五进竞豪奢。

师生扮作公堂上， 录像成形属内家。

参观南阳师院独山玉博物馆

满目琳琅万象间， 奇峰突兀入云鬟。

闲观月色平原上， 妙曲绕梁过独山。

西峡恐龙蛋博物馆

侏罗旧迹梦惊回， 尤物群龙巨影恢。

戏谑声犹闻峡里， 可怜一夜蛋成堆。

西峡龙潭沟

西峡龙潭胜迹游， 无端水域画鸿沟。

嶙峋巨石撑天起， 瀑势悬空复叠流。

与南阳师院师生话治学

无心述学学为人， 共沐春风话语真。
地法天缘天法道， 自然自得自成仁。

黔南瓮安行十绝句

草塘古邑

古邑新生话草塘， 天光水色映楼堂。
戏台书院崇基起， 应是中华第一庄。

猴场会议旧址

群峰警卫入猴场， 多少风云耐思量。
若忘征程此转折， 何来遵义定言堂。

下司石林

石林胜迹滇池境， 孰料佳名属夜郎。
光怪陆离群像立， 下司奇色变阴阳。

江界河揽胜

乌江险境成江界，　无限风光谷底妆。
跨步天桥惊极目，　奇峰碧翠一回航。

朱家山小憩

绿色群山万亩疆，　朱明岁月此中藏。
森森大木临清水，　一掷樗蒱话坐忘。

遥眺仙桥山

忆昔银屏说牛郎，　雅诗有女在东方。
何曾逃避西王母，　架设仙桥入瓮乡。

瓮安渡江广场

青山拱立护广场，　四柱峥嵘八面张。
月夜清光萦歌舞，　民生大业自流芳。

盛览故里

问赋文坛第一章， 牂牁故里盛生乡。

无端锦绣开春色， 大汉辞宗誉上骧。

车过都匀城赠葛明义主席

车过都匀意气昂， 文峰石塔映湖光。

远山佛寺清幽地， 应是高人翰墨坊。

读傅玉书《桑梓述闻》

游迹西南访竹庄， 草塘古邑闻书香。

家山考献耘桑梓， 一卷私文史笔彰。

懈翁曰：名达曰"闻"，用去声。

邛崃行十绝句

癸巳初秋因"赋学论坛"往蜀中古临邛,会赋友,谈赋学,又忆八年前曾来此间参加"文君文化节"活动,或物是人非,或人是物非,故地重游,新情油生,因成十绝句以记。

谈"赋圣"

两度临邛几梦回, 因缘赋圣慕情才。

单辞小说且疏义, 岁月无心又逐催。

懒翁曰:余提交论文为《司马相如"赋圣"说》。

宿琴台

林深道曲云中境, 又会群贤酹蜀醅。

别墅幽然闻鸟语, 同君共醉在琴台。

懒翁曰:余宿琴台,入住邛崃金强琴台大酒店。

凤求凰

千年一曲凤求凰， 似醉如痴意气扬。

何必无端吟白首， 人生妙处是行藏。

懈翁曰：赋会开幕式安排古琴演奏"凤求凰"，由王晓卫教授朗诵。

文君井

文君井畔忆华年， 犊鼻当垆续七弦。

励志劳身贫贱乐， 勤工学子著先鞭。

懈翁曰：文君井，传为文君当垆、相如涤器处。

鹤林寺

晨钟约步入禅门， 残月晓风涤暑温。

问道萦回惊古寺， 山名白鹤鹤林尊。

懈翁曰：白鹤山鹤林寺在琴台酒店侧，晨兴漫步至此，方知千年名刹。

平乐古镇

画栋雕梁日丽薨， 邛中古镇气峥嵘。

桥头忽忆文君节， 八载重逢快乐行。

懈翁曰：八年前曾于此观生态印象表演，然今昔景致已大变。

私奔码头

诗人恋旧驻行舟， 偏却私奔命码头。

漾荡春情新史笔， 此间奇色作奇游。

懈翁曰：邛地多以文君故事命名，私奔码头，此尤直白。

邛窑遗址

荒堆碎石尽琳琅， 拾掇磨光认宋唐。

谁说中华农业国， 当年海运几回航。

懈翁曰：邛窑起于南北朝，唐、宋尤盛，遍地古瓷碎片，今人惊叹。

大梁酒庄

酒乡胜境大梁庄， 红粟盈田百顷香。

德政何尝惊一醉， 周公未必梦黄粱。

<small>懈翁曰：考察日午餐大梁酒庄，见庄主，游庄园，百顷高粱，颇惊悚。</small>

参访魏明伦文学馆

戏剧人生戏剧名， 文兼众体赋家鸣。

金莲妙曲开穿越， 巴蜀奇才树鬼旌。

惠州行三绝句

予甲午新春赴惠州澳头度假，自元日（初一）迄人日（初七）历时七天，自驾三千公里，途经五十二涵洞（隧道），路过桐城故里，观江西数处山火，游深圳湾，徜徉十里银滩，采食海鲜市场，其情与境，可述者多。惟车行惠州，逛城池，方忆及东坡流放故事，无意而来，不期感发，因成三绝句以记述云。

惠州城怀古

无心漫入个中来， 忽忆坡公贬谪灾。

江海小舟欺夜月， 三千里地一徘徊。

西湖

疑是杭州却惠州， 西湖水色绿杨柔。

岭南旧迹囚心地， 不见朝云远逝舟。

朝京门

朝京二字梦高台， 倒映西湖颇费猜。

自得何须图有得， 苏才郭福亦奴才。

秦中行九绝句

慈恩寺大雁塔

雁塔新名积旧痕， 慈恩寺里忆皇恩。

依稀闱烛三根尽， 多少英雄入彀门。

西安碑林忆儿时涂鸦

漫步丛林翰墨踪， 儿时记忆却相逢。

涂鸦意欲追王赵， 夺笔情依旧苑笫。

骊山兵谏亭

亭名屡变见时风，　岩下行宫岩上枫。
赐浴华清春梦叠，　蝉鸣涧谷意何穷。

秦陵兵马俑

春秋霸业几回澜，　虎视秦王六国残。
百万兵戎沉地府，　可怜化作众泥丸。

黄帝陵

秦川远望起高陵，　借问史公孰为凭。
涿鹿阪泉三战志，　炎黄合庙释前憎。

壶口瀑布

是谁丢失一仙银，　泼洒中流判晋秦。
信口开河千古怨，　喧声入夜坠星辰。

入住窑洞宾馆

圣地延安气象新， 青山绿水拂衣尘。

相邀窑苑联翩入， 争作山间洞里人。

行山遇隐士

首阳故迹事朦胧， 不意行山遇道公。

欲问仙居何处觅， 传言叠翠远峦中。

登南五台山

秦山峻岭壮游心， 直上终南万籁吟。

最是灵台秋色丽， 片云落照拜观音。

洛中行即兴八绝句

参加海峡两岸辞赋与地域文化研讨会

洛水流千古， 新迎海外槎。

牡丹开国色， 辞赋展文华。

代表全国赋学会为洛阳市授"辞赋之都"牌

故国新时代, 群贤会洛阳。

牡丹花圣域, 又焕赋城光。

参观中华牡丹园

岁月倥偬过, 壬辰换旧装。

诗情原太白, 赋笔赞姚黄。

观看三十届洛阳中国牡丹节开幕式表演

盛世花王节, 名伶竞献歌。

光缨天地轴, 疑似在银河。

入住"乐天居"

入住乐天居, 心宽意亦如。

相邻徐少府, 网上论诗书。

游览隋唐文化遗址公园

丝绸之路远， 东至洛阳城。

遍觅隋唐迹， 仓庚树上鸣。

专车赴登封少林寺

久慕嵩山峻， 趋车上少林。

春风萦古寺， 剑胆起琴心。

过嵩阳书院

书院将军柏， 名声汉主尊。

遥观嵩岳雪， 寂寞立程门。

即墨龙泉湖公园诗十一首

通幽亭

深深嘉木媚清姿， 曲径通幽漱石池。

气挹龙云和乐志， 禅房过客说唐诗。

凝香亭

一枝红艳露凝香，　何必巫山枉断肠。

人近亭栏亲鸟语，　春晨秋暝胜潇湘。

清风亭

凌空画阁隐阶墀，　小憩闲云玉树枝。

放眼龙泉观湖景，　清风明月最情痴。

观澜亭

人生岁月不同观，　四季风华四季看。

最爱轻舟行镜里，　天光水影对晴澜。

群芳亭

群芳竞艳各争妍，　踏月寻踪忆七贤。

松竹梅兰携四友，　芬馨作伴自流年。

怡心亭

怡情妙得在怡心，　纵目遥观草色侵。
采菊东篱陶靖节，　南山趣味有余音。

悦景台

晴川芳草袅烟菁，　信步崇台寄远情。
四面琼楼环水立，　柳枝垂岸听莺声。

小天井

天方妙境话仙乡，　纳气藏春百品香。
莫道蛙鸣催怅惘，　小天井里看风光。

龙泉飞瀑

龙泉宝剑匣中鸣，　化作银河落地行。
进玉飞花因石转，　泥沙涤尽见澄清。

龙泉广场

古郡齐风墨水边，　新城锦绣揭新篇。
龙吟湖畔游人织，　旷视怡情结众缘。

龙翔广场

广场远近画龙章，　国泰民安仪凤翔。
欢乐中华同筑梦，　神州共贯竞腾骧。

仙林湖八景诗

芳树融春

春原绿野岸乔侵，　躞蹀修堤见远岑。
何处寻芳鱼水乐，　晴光丽色在仙林。

红荷浸月

一湾曲水植新莲，　夏木葱茏柳浪旋。
菡萏纷敷红胜火，　夜深月上起漪涟。

波心鹤望

碧水萦回袭薜萝， 屿心鹤望欲凌波。

凭栏俯眺连天色， 尽展画图入目过。

曲水流觞

江左风流六代闻， 兰亭小憩伴芳芸。

仙东馆院开新貌， 纵笔凌云旷世文。

槛杉夕照

槛前夕照落秋霞， 霜醉枫红兴不赊。

最爱轩庭杉锦好， 小桥水岸近人家。

蒹葭栖鹭

蒹葭水域气苍茫， 鸥鹭群栖着意忙。

一片飞花追雪舞， 浮华褪尽启新航。

江乘翠微

忆昔当年古渡头， 依稀河畔话离愁。
而今邀约休闲地， 作伴青春好泛舟。

珠玑巷陌

珠玑巷陌璨琳琅， 步入水街兴味长。
万达相邻财物茂， 人生乐境寿而康。

丁酉春湘豫行杂咏

闲步岳麓书院

岳麓山行访楚才， 千年记忆染青苔。
弘扬国学于斯盛， 古院松风气象恢。

寻访常德桃花源

胜境桃源几处寻， 沅江水尽雪峰临。
披荆遍觅无踪迹， 一树花开慰此心。

参观齐白石纪念馆

谈诗论艺过湘乡， 白石风流室内藏。

最是惊心鹰隼立， 题端入目却迷茫。

友人邀薄山湖食鱼

雨后晴云绕薄山， 群峰点翠水天间。

悄然曲径芦鸡舞， 引道渔筵入港湾。

登驻马店嵖岈山观景

中原极目是平川， 突兀嵖岈起岫巅。

驻马奇观盆景妙， 如山坠雪落窗前。

游清明上河园看模拟宋金水战

一代名图变景园， 忽闻战斗鼓声喧。

清明原义清明治， 水畔惊鸿落画痕。

开封延庆寺

开封旧迹尽沉沦, 千古文明一塔身。
远对龙亭观赵宋, 何曾延庆说天真。

藏行诗纪

飞临林芝云端观雪山

身寄银鹰尽力攀, 林芝近处气如鬟。
苍茫不见人寰地, 冲破云山看雪山。

行舟雅鲁藏布江大峡谷

水域行舟眺远岚, 青青大木似江南。
闻歌浪击舷窗外, 入目云端白玉簪。

夜宿工布王府

山环水抱起龙骧, 矗立门前骑射郎。
雕像无端惊梦觉, 与君相对问鹰扬。

雅尼国家湿地公园

放眼无边碧玉潭， 绿松宝石映天蓝。

冰山一角星光耀， 拾级寻踪蝶意探。

遥眺南迦巴瓦

高原极域峰多雪， 惟有南迦不敢登。

众客凫伸因雾动， 朦胧一现几人兴。

巴松措晨夕

巴松措境异珍藏， 晨对雪冠晚夕阳。

碧浪镶金兼浮白， 炊烟水鸟起飞翔。

请香甘丹寺

学佛曾经知格鲁， 藏传释义亦千秋。

甘丹祖述开黄教， 路转峰回寂寞游。

吉日卓康

藏式楼台八廓街, 卓康寄宿月侵阶。
相邀布达拉宫夜, 吉日吉时话吉谐。

礼佛大昭寺

礼佛分街大小昭, 两邦公主驾言遥。
如来十二真身像, 特警沙门看路标。

夏宫罗布尔卡

避暑人称首夏宫, 袈裟犹在殿台空。
新园旧迹群芳萃, 犹叹神灵地势功。

色拉寺观辩经

夺席谈经后汉闻, 此间佛寺起争纷。
色拉庭院僧生众, 奋臂喧呵辩释文。

羊卓雍措野餐抖音

山南大美是羊湖， 碧水青峰入画图。
席地平芜增野趣， 抖音按节品茶酥。

江孜古城

喧声战伐忆英伦， 但见高城独立身。
影像红河存旧梦， 行行古道起车尘。

札什伦布寺

殿据山形积翠鳞， 平明远望接天辰。
宗门列序高堂上， 却把金身掩肉身。

纳木措行游

游心纳木措湖边， 五色彩图那得宣。
体验巅峰人吸氧， 我歌我啸水中天。

卡若拉冰川

冰封雪瀑夏衣寒，　竟上高原得此观。
极目群岚温室气，　岭云絮帽已斑斓。

参观布达拉宫有感

五族和同近世方，　曾经政教出华堂。
峥嵘气象开神殿，　宝物宫中旧匣藏。

结识洛桑顿珠先生有寄

藏族民风最本真，　人怀信仰有遵循。
平居好友兼尊佛，　异域心程破迷津。

东行杂咏

飞渡东京

昔人海上作鱼游，　何处蓬莱不系舟。
飞鸟腾云顷刻至，　群峰耸立见鸿沟。

车行浅草

车行浅草入雷门， 小市街头众客喧。

有女和装招眼过， 始知步屟在东园。

新宿御苑赏樱

送客观花御苑寻， 红云白絮乱相侵。

垂枝最爱如钩月， 撩动游心又醉心。

上野公园

此间景物最关情， 神佛相依着眼明。

如织花环编拱道， 临观鸟冢入渟泓。

东京湾游走

半湾海水半桥横， 鸥鹭无心戏逐鸣。

忽忆来时何所往， 一尊高达众楼倾。

河口望富士山

樱花季节醉春眠，　百二晴岚一念悬。
富士山前停足处，　朦胧口岸问苍天。

忍野八海

八海春深富士东，　清新水域殿台风。
微波荡漾鸳鸯锦，　丽色成图快闪中。

三岛往京都乘新干线

三岛京都轨道牵，　当年速度著先鞭。
而今干线新新日，　何必他乡叹逝川。

稻荷大社

瘠岁丰年敬稻荷，　层门百面列山坡。
商家阀阅捐金地，　尾掉神狐一佛陀。

奈良神鹿园

神鹿原生旧住民， 园林建造地权沦。

可怜乞食嗟来客， 龙角散成顶角真。

东大寺

久慕瀛洲东大寺， 恢宏木质殿楼崇。

悲哉禹域坑灰劫， 作旧翻新颇费功。

懈翁曰：东大寺，以保留最好之全木结构著称。

唐招提寺

奈良古刹称招提， 律法南山志向东。

六渡情怀萦寺院， 师心化作大唐风。

大阪城故事

巨石层层大阪城， 擎天守阁气峥嵘。

将军幕府平三国， 黄雀螳螂又孰赢。

四月一日东国改元，余正游奈良，忽遇晴空布云雨雹，旋见虹霓之奇异天象，感而记之

改元历日奈良行， 骤变天庭雨雹并。

瞬息云消雌霓现， 令和易代是平成。

偶遇程宇教授同机往东京，并游上野赏樱，邀食海鲜，感其盛情而记其佳趣

偶遇樱花盛炽期， 感君上野邀游时。

品观美景尝和食， 异国情深快朵颐。

冰城哈尔滨杂咏

下飞机惊见路旁尽鲜花感赋

冰城触目植鲜花， 透骨寒风日影斜。

试问何来高妙手， 人云假的尽咨嗟。

中央大街夜晚零下十余度吃马迭尔雪糕

冰天雪地入冰城，　夜气侵身齿舌争。

偏嗜寒糕馋口腹，　霜娥献技化成羹。

戏卧松花江上

一望无边白玉床，　相携戏卧浴天光。

惊心浪击龙王殿，　处处悄然着素装。

松花江心雪人阵

千军万马渡江来，　瞬息冰封列岸堆。

百怪神情凝望处，　游人如织亦徘徊。

夜游冰雪大世界

备好姜茶御夜寒，　缠身裹足尽衣冠。

仅留双目观风景，　雪地冰轮碧玉坛。

太阳岛雪博会观冰雕

太阳岛上看冰雕，　异域风光一望遥。
最怕春风催唤急，　凤凰台上忆吹箫。

夜宿中央大街赏景

街旁宿卫是冰人，　五色迎宾亮丽身。
俄式高楼存记忆，　灯光远眺似星辰。

谢赵教授惜微女史邀品冰城各种美食

薄饼疗饥第一餐，　群鱼宴上晚烟残。
美哉俄食中央道，　水饺临行客尽欢。

金门行杂咏

舟行海峡

舟行海上掠波轻，　狭路相逢异色旌。
一启双门金接厦，　何须纠结再谈兵。

金门酒厂

高粱大曲说金门， 试品原浆尽举樽。

醉卧思乡孤岛上， 一衣带水得失论。

金门钢刀

笑里藏刀获利多， 当时快递落山坡。

钢珠彼岸交流急， 数十年来产业歌。

翟山坑道

翟山曲径暗河通， 南北纵横意未穷。

狭道弯弯开水道， 艨艟巨舰直指东。

马山哨所

管窥洞见辨昏明， 海上波涛海下城。

七十年间多少次， 可怜对峙故乡情。

莒光楼眺望

一现灵光在莒楼， 销声信息蓦然收。
当年勿忘留言处， 身世飘蓬叹九州。

特约茶室

茶香远逸慰三军， 一室风云夕照曛。
忽报晨兴鸣战鼓， 疆场鸳梦几回闻。

金门大学东亚汉学讨论会

清言汉学涵东亚， 半日游观半议程。
故友新逢庠序地， 金门草色映阶荣。

深、莞行诗

偶游惠州风浮山

忽入仙乡罗浮境， 天然抱朴忆勾容。
茅山道士辛勤甚， 一片丹心粤岳松。

东涌印象

东涌夜宿海风凉， 浪击沙滩马脱缰。

醉听湖边声咯咯， 天真烂漫小厨娘。

海上垂钓

急浪倚舷起伏行， 无边瀚海胆心惊。

相携主客精垂钓， 我独如痴伴醉横。

罗浮山道观书道法自然赠董斌兄

论道名山法自然， 书心笔意气回旋。

微风远掠林中色， 一幅题赠对岳巅。

深大美学所谈汉赋

美学中心说美文， 追踪赋迹几人云。

千年一曲凌云颂， 尽付长河梦中闻。

龙岗讲坛

南国龙岗设讲坛， 经纶戏说夕阳残。
文章大业何神圣， 老少咸宜错杂弹。

东莞半山温泉酒店

豪门不是我家乡， 寄宿安闲夜未央。
室内温池窗外景， 一衣带水映天光。

黔、蜀、渝行十绝句

品赋孔学堂

醉墨黔山话碧岚， 夜郎王气破天南。
何来圣教崇文赋， 心迹之间仔细探。

与明莲学棣戏着汉服

穿越时空入汉廷， 更新服色变年龄。
求真考据千秋梦， 不及还原味自馨。

参加西华师大国学院成立仪会

万卷楼头忆旧游， 蓬安远望共江流。
名庠意欲兴文献， 国学昌明说果州。

夜游阆中古城

张飞故迹伏羲乡， 阆苑行游夜未央。
应是晨兴情色好， 嘉陵水墨镜中藏。

阆中贡院观衣冠秀

口开北大闭清华， 旧服新词任意夸。
班列官阶凌举子， 恩科仍在帝王家。

望江宾馆闲读

绿荫帷缦映窗纱， 小苑庭空意趣嘉。
靖节闲情何处觅， 品书品色品新茶。

邓稳学棣博士后出站

八载三师博后生， 相逢一笑话前程。

成家立业寻常事， 绝妙词章不必评。

字库与麻将

蜀郡双奇变古今， 骨牌字库费沉吟。

悲哉毁纸焚香地， 犹见光阴未放心。

懈翁曰：蜀中多塔形字库，为古人珍惜光阴焚字示重，今蜀郡耍牌极盛，景区有足踏水域而手执麻将之境象，字、牌虽异，惜阴一也。

与光治教授游青城后山及泰安、街子古镇

夜宿青城境最幽， 微风涤暑树声柔。

平明古镇情浓处， 快适人生意更酬。

易展学棣伴游华蓥山金刀峡

突兀西南夺目来， 华蓥峡谷一刀开。

悬针坠露惊图画， 瀑泻云端气若雷。

纪学

《汉代文学思想史》代序

大汉天声远,文运岁月长。推衍风骚统,汇通南北航。
陆贾著新语,黜霸在崇王。贾谊善政论,法度正典章。
绵延黄老学,儒道合流芳。仲舒推一尊,天人感应忙。
百家如百卉,各各吐馨香。齐鲁韩毛诗,今古文垒张。
赫赫武皇帝,群说尽包藏。民风入乐府,佳人来金堂。
国威震殊俗,韵事粲琳琅。史赋双司马,彩笔并天光。
余波犹绮丽,觉醒共腾骧。学术云霞蔚,长空百鸟翔。
大赋张雄略,首席列班扬。余子深含蕴,异苑各擅场。
辐辏大文化,千载示周行。上宏周殷夏,下启魏晋唐。
譬如雨露降,泽惠溥万方。人文均称汉,举世引领望。
粤予早推服,颇欲究玄黄。沉潜复涵泳,屡罢不能忘。

夜读《金刚经》

梁园旧月落清莲，　攀柳章台我亦怜。

浓雾钟情江上路，　残阳着意水中天。

病夫恶卧诚缘酒，　仙女散花似解禅。

夜读金刚般若卷，　欲笺心事入心田。

读《孟子》一则

　　闲读《孟子》，至《离娄》章，玩赏其意，心仪之。如称颂虞舜之治云："明于庶物，察于人伦，由仁义行，非行仁义也。"赵岐注："仁义生于内，由其中而行，非强力行仁义也。"呜呼，"由仁义行"，乃性善之心源；"行仁义"，则强权之表征。赵氏之注，亦得孟夫子重"义内"而轻"外仁"思想之精髓。忽思今人好言"被"字，如"被结婚""被潜规则"云云，在子虚乌有中含强加义，所谓"行仁义"，即"被仁义"也。近读报章，常见一热门话题："让……有尊严"。人生天地间，并而为三，是谓"三才"，人格尊严，乃缘天性，何劳一"让"？抑或天性久丧，能获一"让"，自当欣慰；然须一"让"，方有望于尊严，又生一悲。感慨系之，因成短句。

　　孟子言心善，　平亭战国风。

　　千年称尧舜，　百代叹途穷。

　　自性缘天性，　头童不是童。

　　行仁非义内，　一望大江东。

《庄子》内七篇读后

一读《逍遥游》

品读南华若看山，　奇峰突兀入云寰。

大鹏运翼缘风力，　小辩骋知实鲁顽。

多少欢欣存梦寐，　几茎白发对红颜。

人生寄旅逍遥客，　求得心平万事闲。

二读《齐物论》

奇文读罢未成篇，　哈勃观星宇宙旋。

殇子彭聃齐命寿，　泰山豪末一坤乾。

形形色色终非色，　岁岁年年不计年。

蝶梦庄周周梦蝶，　何须物化自天然。

三读《养生主》

孰谓贤人远庖厨，　桑林圣乐奏奇屠。

批间破隙解牛曲，　绝视凝神游刃娱。

薪火指穷心不竟，　泽鸡饮啄志羞诬。

吾生有尽知无尽，　出入书山莫作奴。

四读《人间世》

质疑人间世道丧，　风流鼓噪几孔扬。

支离攘臂天年禄，　栎树养中社祭场。

无用方思成大用，　形伤势必惧神伤。

心斋应是庄周梦，　歌凤何须学楚狂。

五读《德充符》

孔丘盗跖史同编，　谁说身残即德全。

兀者三贤齐万物，　卫君一丑获群妍。

形骸梦索烟霞外，　神意醒归菊枕边。

恶政如斯逢桀宋，　无言却忘在何年。

六读《大宗师》

真人应对不真人，　无奈有心化作神。

相忘江湖哀白发，　系怀副墨笑红唇。

离形去智逍遥义，　把酒临风外物珍。

小卧书山闻謦欬，　从来问道若寻春。

七读《应帝王》

莫有之乡即帝乡, 书生问政亦强梁。

可怜七凿中君死, 不意三看季氏亡。

治国烹鲜成小道, 修身疗疾著华章。

无名笑答天根问, 顺适游心北面王。

夜读林岩博士论文口号一绝

大道之行百世功, 文章赵宋起崆峒。

平亭众说成兹说, 掩卷开襟月色融。

夜读濂溪《易通》说"诚"

濂溪宏易道, 圣教入心诚。

案卷书千叶, 窗余月一泓。

诗灵期妙悟, 学理共澄清。

莫怨寒风急, 平明万壑情。

读程丽则《绿水青山入梦来》

绿水青山入梦来，　新词旧句共清裁。

金陵妙笔湘江雨，　画出人生最童孩。

读龚克昌《中国辞赋研究》

龚克昌先生大著《中国辞赋研究》近由山东大学出版社出版面世，嘉惠学林，裨益良多，而于赋学研究，勋绩甚伟，尤使后学影从向往。龚先生治赋近半个世纪，从《汉四大家赋初探》到《汉赋研究》再到《中国辞赋研究》，研究日深而精于毫发，视野渐广而波澜老成。观其考证精详、义理醇厚、辞章雅丽，自存楮墨间，然结之所慕所感，不限于此，更有三者：一是中国大陆"文革"之后，龚先生首开赋学研究之功，书中有关对"虚词滥说"之批驳，对汉赋之于文学自觉历史贡献之文字，昭然史册。二是龚先生全身心投入赋学研究，尤关注其事业发展，勉励同行，奖掖后学之心情，于书中大量记事与序跋文字可见其详。三是龚先生关注中外学术交流，视中国赋学为国际汉学重要支脉，故讲学美洲，首倡国际赋会，行迹所至，心血所凝，亦见诸记录。值国运昌明，盛世作赋，结不揣浅陋，感为七律一章，祝贺是书出版，兼明先生赋学之大成。

一卷宏编起汉旌， 文坛赋苑辟新程。

曾经力挽天河破， 几度苦思泣血成。

论学心坚唯物志， 扬名意得美人情。

虚词滥说还须说， 莫怨先生独自鸣。

读《莫砺锋诗话》

六一风神在， 杜陵意更亲。

仁心诗道重， 献曝感人真。

话别姑苏月， 行吟建邺春。

愁思方沸郁， 相对数家珍。

丁亥深秋参加相如县建县一千五百周年暨国际相如文化研讨会

万里金陵客， 久怀朝圣心。

蓬安多胜迹， 赋笔两知音。

汉主凌云意， 文君月夜琴。

奇才逢盛世， 安辨古与今。

戊子秋随"江南诗人学术访问团"访台

风骚正脉谁登堂， 千百年来意气扬。

海上新声承乐府， 江南旧曲入行囊。

昌明学术宏诗教， 两岸交流颂雅章。

应是金秋佳丽地， 心香一瓣寄芬芳。

《诗囚》出版感赋

《诗囚》者，先父之"诗传"也。余己丑岁客寓海东，居舍寂寥，时窗外明月孤悬，室内案灯独映，因披览先父诗章，忆生鞠之恩，情难自抑，乃舐笔和墨，撰此诗传，计三十六日而后成。书罢修饰，竟无更改，私忖记实之文，事实即佳；抒情之笔，情至天成，何须绘缋？传成后，蒙凤凰出版社诸友垂青，不逾年而问世。呜呼！不能藏于名山，允当呈之现世，是邪非邪，知者正之。感念之余，因成长句。

家世黄华翰墨乡， 桐城学脉少陵行。

慈怀盛德抚孤幼， 泣血倚声述悼亡。

教泽频年流美誉， 诗情一触奏笙簧。

海东旧月拳拳意， 厚地高天起凤凰。

读《大明庐吟稿》

诗心何处觅，　自在大明庐。

武略呼戎阵，　文韬著妙书。

含山佳丽地，　淮水亦名墟。

尚忆湖滨路，　苍茫意有余。

欣闻召开卞孝萱先生学术研讨会感赋短句并序

己丑秋，卞孝萱先生遽归道山日，余客寓海东，未能参加悼别仪式，思之怅怅。忆昔先生八十寿诞，余赠长句贺云："平生好学慕高仪，每读华章百世师。六代兴亡存史册，中唐风雨说传奇。多情应识广陵曲，感遇还亲白下诗。四面书香桃李盛，仁人自寿与人宜。"当时先生对颔联夸赞不已，以为与己学术研究甚洽。今先生鹤驾远行，又逾一岁，适逢嘉会，感念先生硕学盛德，情不自禁，因成短句，以寄怀思于浩瀚天宇，苍茫鸿蒙云尔。庚寅秋解之许结谨记。

有会怀先哲，　尝思硕德馨。

文宗姚惜抱，　学重阮研经。

如沐春风序，　笑谈座右铭。

何须桃李盛，　桧柏自冬青。

五律一章

教师节近，群生依屡劝未改之"惯例"来寒舍以贺，因陋室局促，故相邀于石头城畔之"西江月"茶楼品茗。落座后环视男女诸生，皆八零后，龙章凤姿，惟予一老翁耳。明月秋心，时逢白露，清谈移时，不觉夜半，论学而夹以嘲戏，笑语温温，并无俗称之"代沟"，因思王静安论诗"不隔"之妙。归赋小诗一首。辛卯白露夜懈翁记。

学子青衿义，　良宵奏鹿鸣。

八零龙凤色，　千古傅生情。

把盏西江月，　倾心旧石城。

清谈迎白露，　大道小鲜烹。

审读晓光博士论文观至后附《学记》，即兴感赋

六代风华忆旧京，钟祥有子意纵横。

匠心独运那堪敌，负笈来游不为名。

历境谈文披雪瀑，登山悟道贵阳城。

一篇学记明师说，神马浮云碧浪鲸。

审读李征宇学棣博士论文稿,感赋五律一章以勉

大汉辞章丽, 山川像石奇。

文襄贞女传, 图说武梁祠。

象数驰天马, 诗心动地祇。

何当忠义剑, 破的即良医。

《诗苑偶涉》序并诗

偶涉诗坛六十篇, 词章考据贯长川。

寒风塞北观天雁, 丽色江南释旧田。

戏说湘君开盛宴, 平亭木叶乱残烟。

无端四问何须问, 不恨人间少郑笺。

出席洛阳第三届海峡两岸论坛暨周公文化节、《周公赋》颁奖仪式即席感赋

洛邑根文化, 河清盛世昌。

亲缘通两岸, 德教越三皇。

秉钺平夷乱, 承宗佑万方。

煌煌中国梦, 赋笔置周行。

题袁昌齐先生诗集

万象开诗界， 天然淑且真。

缘情明物性， 笔意自清醇。

己亥岁末三亚访光治先生并与晓卫兄大东海滨欢会

访友行三亚， 多年宿愿期。

天清能涤肺， 气正却忧时。

搏浪身心健， 倾樽物象宜。

与君凝望处， 海域诵豳诗。

参加香港大学主办"科举与辞赋"国际研讨会

香江柳报春， 学海一杭伦。

赋笔纵横意， 闱场律令新。

中朝呈妙曼， 外域献奇珍。

把酒莲香会， 长怀宿愿真。

西安参加第十一届国际辞赋学术研讨会

文章锦绣此中看，　百代风流九畹兰。

辞赋文情通外域，　汉唐盛世忆长安。

华清水漾清华志，　鹤顶山开顶鹤丹。

雁塔声名观一曲，　相期巫峡女神欢。

与三夕、兆鹏、新文诸兄参加
《长盛川赋》研讨会

与君说赋品砖茶，　长盛川流月影斜。

六百年间多少事，　新词一曲故人家。

读伯伟兄书简附《斋名变迁与进德修业》
演讲稿感赋小律

啸傲当年事，　芳馨诵旧诗。

斋谈缘妙得，　简读伴神驰。

履适来心适，　真知去不知。

云扬兮静好，　进德惑时移。

参加安师大首届桐城派研究读书会，听七篇论文报告即席赠诗

王思豪——地理与学理：小桐城与大桐城之辨

学理原生地理缘， 桐城大小亦成篇。

与君坐论千秋业， 几代乡情几度传。

潘务正——宗白：明清之际桐城诗学取向

桐城历代有诗人， 际遇明清得意真。

辨析深微期妙悟， 乐天取向见精神。

汪孔丰——桐城诗学与沈德潜之关系

格调词章话异同， 归愚惜抱两诗翁。

龙眠远眺长洲色， 趣味绵延造化工。

程维——以古文法为小说（《里乘》绎论）

异代同宗许奉恩，　书成里乘几人论。

始知小说通文法，　顿入黄华不二门。

武道房——张惠言易汉学背景下的诗赋观念

常州学派接桐城，　汉易源流义理宏。

比兴编成诗赋集，　一鸣气象见峥嵘。

方盛良——吴闿生《左传微》与桐城文法的展开

左氏春秋有探微，　北江义法亦芳菲。

词章序物明心志，　经义源头不可违。

张秀玉——论中国古代女性之"无文"

无文女性却成文，　婉约诗心世代闻。

试探因缘何处觅，　桐城学术说钗裙。

伏俊琏教授主编《写本学研究》将刊行,因题句

喜接西华讯, 新刊论学方。
秦文惊睡虎, 写本话敦煌。
君植三株树, 我观五色章。
有心勤一得, 千古自流芳。

纪事

参观川中5·12汶川特大地震纪念馆

庚寅仲夏，余往川师大主持古代文学专业某场博士论文答辩，事毕，万光治教授邀往地震纪念馆参观，同行者王小盾教授。是日，午餐后由成都出发，傍晚至青川县东河口，伫立荒莽废墟，对照震前照片与震后实境，可谓惊心动魄。眼前是王家山崩塌飞抛之状，脚下或四十米，或百余米，深压当时四座村庄，瞬息活埋780人，人称"天冢"。徬徨良久，购得广元记者熊芙蓉《东河口绝恋》，乃当年亲历记实之文，弥足珍贵。是夜宿昭化古城，心绪稍稍舒展。翌日，回车绵竹汉旺镇，乃与东河口同处龙门山断裂带，故其塌楼毁桥，颓垣断壁，纵横狼藉，惨不忍睹；而镇前钟楼指针，则定格于14时28分，钟楼之畔，为汉王刘秀雕像，头颅已震落于地，黯然销魂，千古浩叹。联想两日所历，两处所见，悲心难抑，感赋长句，略存此行之记忆云。

伫立苍凉在废垣，　何来天冢诉烦冤。
当年石压东河口，　瞬息山移地狱门。
瓦砾深藏绵竹泪，　时针斩杀汉王魂。
且携一卷伤心册，　莫怨残阳照旧痕。

初三日八卦洲漫步随感

辟地开天一望穹，　江风掠面意朦胧。
年年岁岁存芯片，　八卦洲头落日红。

过江往浦口校区上课

车过长江入梦穹，　缠绵悱恻意朦胧。
醒来醉去寻常事，　昨是今非雨打篷。
矶上寒风飞石燕，　洲头落日起惊鸿。
龙山脚下峥嵘气，　隔岸常思怨道穷。

隆曦孙满月

弥月佳期气象新，　高楼丽日会亲人。
隆孙眉宇天生俊，　报酒欢心格处珍。

游瓮安朱家山回县城与文联诸友欢聚即兴

禹域梁州境, 妖妍夏日荷。

朱家山色秀, 灯夹戏婆娑。

赋仗黔南竹, 诗萦塞北戈。

群贤欢一聚, 瓮水听长歌。

贵阳孔学堂讲演毕晓卫兄邀饮彩歌堂

彩歌小酌见深情, 快意人生趣味盈。

孔学堂中谈赋学, 阳明洞外忆朱明。

三分酒气添文翰, 十里花溪入眼清。

借问观莲何日盛, 相期水月荡舟轻。

乙未冬京华会宝增兄及诸氏弟子

又作京华会, 汉家气象新。

吟诗兼诵赋, 乐道自安贫。

兄弟情思远, 师生学问亲。

持杯如斗柄, 且待丙申春。

星洲绝句

初赴狮城授课

昔闻海客谈瀛洲， 夜泊樟宜万里秋。
正是中元佳节盛， 狮城舞乐胜东畴。

游圣淘沙

峇山遥眺圣淘沙， 鱼尾雄狮立晚霞。
观海无言似有恨， 千年一曲唱蒹葭。

车过双林寺

双林法寺耸云端， 路转莲峰鸟道蟠。
忽过飞湍天地阔， 人心更比佛心安。

客居城市海湾并课生于此

城市海湾何处寻， 高楼一曲伯牙琴。
春风亦妒融融意， 遣月窥窗听雅音。

芽笼吃榴梿

果中称霸曰榴梿，　主客争尝月照筵。
更有谐声传妙意，　良辰丽色自流连。

由狮城返石城怀诸友

朝发狮城暮石城，　天涯咫尺亦心怦。
夜阑梦觉凭栏望，　肯特岗头月正明。

与众友访李立信教授私邸，因赏唐莲花瓷罐、宋元刻本等珍稀宝物

唐宋元明复至清，　瓷花板刻室间盈。
立公笑说收藏史，　看客心惊着意评。
海上珍稀风浪静，　寰中古旧砺刀兵。
那堪往事思量甚，　域乱家荒圣又明。

壬午秋月与诸师友作徐州、沛县之行，参观汉墓汉画像石棺，登歌风台，感慨良深。归读章灿教授华章，渊懿典雅，钦慕不已，因步其韵，空号一首以报

伤麟怨道叹途穷，　汉像呈祥造化工。

逐鹿中原缘问鼎，　迎宾海外听歌风。

人间苦恨土灰意，　鬼域尚留石宅雄。

放眼高台秋色异，　太平时节盼年丰。

丙戌夏七月初一作小诗一首，恭贺中国诗学研讨会胜利闭幕

莫道诗穷而后工，　群贤毕至乐融融。

遗山借问情何物，　太白曾留浪漫风。

再日清谈存硕果，　一杯浊酒入鸿蒙。

他年若论今宵事，　月自明空水自东。

祝贺洛阳辞赋研究院成立

金陵望洛阳，　千里拜花王。

更有文华气，　显彰大赋光。

开篇歌盛世，　曲罢祝新航。

喜看龙门会，　研思博丽章。

龙门诗会启动仪式志贺

诗心何处在，　气象出龙门。

三百篇真意，　云天一彩痕。

第十届国际辞赋学学术研讨会开幕式贺诗

十月金秋聚贵阳，　群贤合作好文章。

诗人丽则归真趣，　赋笔纵横焕国光。

苗寨山迎槎海客，　天河水漾灞桥霜。

同心共赴新时代，　把酒吟歌意味长。

观黔南"瓮水长歌"表演并为瓮安授"辞赋之乡"牌

瓮水长歌瓮水长，　华妆妙曼动猴场。

淋淋白鹭风飘雨，　款款蜻蛉色映光。

一幅横书交县令，　千支赋笔绘辞乡。

牂牁古治呈新貌，　梦入西京夜未央。

贺凤凰出版社三十周年庆典

文章大业识青箱， 而立年华硕画强。

露坠三春萦地志， 辞通四学焕书香。

神形蕴藉金秋季， 玄豕分明太史堂。

凤律和声玄武畔， 江流九曲泳思长。

五律贺南大文学院百十周年庆典

泰岱临洙泗， 南雍起绛帷。

文坛期圣德， 学院值芳时。

庭列三千履， 愿成百一诗。

和风吹律节， 筑梦凤来仪。

题咏"中国辞赋之乡"瓮安

黔南锦绣乡， 天界水绵长。

问学千年事， 谈文第一章。

英华开气象， 翰墨溢芬芳。

诵读瓮安赋， 新风焕国光。

第十二届国际辞赋学研讨会贺诗

黄鹤觅仙踪， 宾朋兴味浓。

凌云编赋迹， 锦绣织芳容。

佛郭三千界， 巫山十二峰。

赓歌神女曲， 体物豁心胸。

祝贺江苏省诗词学会成立三十周年暨《江海诗词》出刊百期

卅载群贤会， 芳菲竞百期。

诗称江海士， 笔法汉唐师。

大雅神州曲， 飞鸿绝妙词。

与君逢盛世， 赞述振天维。

祝贺《历代赋学文献辑刊》出版发行暨座谈会

七载勤心治， 与君品丽辞。

辑刊呈盛世， 群彦聚京师。

敢效公荣酒， 堪邻逸少池。

金秋观硕果， 展卷赋新诗。

扬雄中心成立即兴

儒心道意太玄经，　四赋纵横说汉廷。
西蜀人文千载盛，　新风又过子云亭。

安徽师范大学九十华诞

赭阜欣闻道，　花津苟日新。
鲐颜嘉礼盛，　仲夏有朋亲。
令誉连苏皖，　华筵乐主宾。
同心回望处，　岁月展经纶。

写在第十三届国际辞赋学研讨会召开之际

湘江流远韵，　岳麓望秋岚。
美誉缘双百，　佳期在十三。
希贤称赋颂，　踵武辨青蓝。
屈贾行吟地，　与君仔细探。

安徽师范大学文学院以先君子名设立"许永璋奖学金"首届颁奖仪式，忆昔先君子训诫结教学治学有"不钓虚名种福田"诗句，因成小绝

  一代诗心奕代传， 当年讲席忆犹鲜。
  桐城旧学开新象， 惠泽生生种福田。

莲池书院讲赋，找出光绪年间曾祖希白公古莲池授课时所用小皮箱，拍照投影给河北大学同学及莲池工作人员一览，课毕，口占小绝

  北国风华在， 书香几代师。
  追踪祖业地， 心系古莲池。

参加桐城派研讨会致词即兴

  又入桐城境， 乡情拂面来。
  词章存旧册， 考据待新裁。
  格律因声起， 神思对象开。
  千秋得失也， 品赞复徘徊。

贺凤凰出版集团作者年会

探觅书山径，　雕虫作秀才。

秋风吹老境，　旧学酿新醅。

不有凌云气，　何来锦绣开。

耕耘期所获，　携手凤凰台。

祝贺江苏古代文学学会 2021 年年会召开

国脉通文脉，　回眸七载功。

有心逢盛会，　无意走青骢。

锦绣编吴韵，　凌云起汉风。

金陵形胜处，　极目大江东。

祝贺第十四届国际辞赋学研讨会在澳门大学召开

庄生濠上志，　海镜觅知音。

莫效文园病，　长怀谢赋心。

和风吹竖笛，　雅乐奏横琴。

对话春秋序，　开襟几望岑。

周本淳先生百年诞辰纪念会感赋

每过金陵境，　吟声破寂寥。

诗心存旧梦，　德教育新苗。

百岁蓬瀛远，　千秋海岳招。

希贤风范在，　淮上岂伊遥。

金陵诗社成立三周年庆

诗心如太极，　佳丽接天辰。

吟社三年庆，　文华万象新。

神思多梦境，　隐秀几真人。

聚合金陵气，　相期百世春。

赠答

春日薄暮登石头城寄张沛君

拾级寻佳境，　春风度石冈。

有心观白鹭，　无语对斜阳。

草绿秦淮岸，　鸟鸣九曲肠。

闲吟思旧迹，　上月破微芒。

懈翁曰：余居韩国外大一年，尝与北大张沛君攀登校园后之上月谷，既清谈，又健身，至今思及，仍回味无穷。诗中"白鹭"指旧时江中之白鹭洲。"上月"取意"月出东山"，乃薄暮时分之实景，兼含眷怀昔日偕游"上月谷"之情境。

寄狮城诸学友并序

辛卯秋月，予飞越南海，教习狮城，讲授"中国古代文化专题"，得与"南京大学新加坡第一届中文硕士班"诸君相交谊，旬日之间，或悟言一室，或放迹海滨，欣其所遇，快然自足。转瞬年余，诸君学业完满，以编毕业纪念特辑邀题片辞，予回念往尘，相与情真，不因时迁，故以"真"字韵成五律一章，谨报厚意。

庄叟南溟志，狮城即梦真。

群峰惊海立，一帐夺天春。

歌舞中元盛，诗书外域亲。

平明观逝水，快意在成均。

送樊雨新疆支教

樊子游方志，乌孙故国情。

行人尊汉节，儒者重师名。

莫道千年事，且观万里程。

天山连碧海，遥映石头城。

务正撰文考辨"桐城谬种"赠诗一首

桐城谬种骂名扬，话语权归众强梁。

新说纷纭衡旧学，百年屠割断千肠。

无心莫尽重阳酒，得意且藏五色箱。

执笔彷徨三省后，何须入室又登堂。

贺炯兄耆寿

一门四柱起峥嵘， 更有奇功巨匠名。
方寸风云惊俗世， 指间气象谱佳声。
金陵印社春秋业， 花萼楼台日月明。
且伴心香斟美酒， 友于壮岁著新程。

务正学棣撰硕士论文《晚清民国桐城文派研究》成，三载辛勤，颇见创获，予乡梓旧学得以重光，欣慰之余，草此小诗，以供补壁，或寓劝勉之意云

三年治学似参禅， 秋月春阳两鬓悬。
惜抱文心传后世， 东坡墨意识前缘。
沉吟绛帐歌安节， 浮渡香江浪扣舷。
挥手从兹鹏翼展， 巴山风雨一泫然。

贺卞孝萱先生八十寿诞

平生好学慕高仪， 每读华章百世师。
六代兴亡存史册， 中唐风雨说传奇。
多情应识广陵曲， 感遇还亲白下诗。
四面书香桃李盛， 仁人自寿与人宜。

谢张宏生兄新茶

一觉华胥梦，　何来雀舌香。

感君情义厚，　夜月听笙簧。

甲申仲夏与务正、樊雨、于兵、海波诸学棣同游鸡鸣寺，登豁蒙楼，遥眺北湖烟柳、钟阜晴云，把酒临风，清谈移时，感赋小诗，兼送樊雨学棣之广州

鸡鸣山色秀，　高阁豁蒙名。

把臂临春道，　遥思同泰情。

人生多遇合，　禅趣亦通明。

若问此中意，　羊城与石城。

赠王海波

负笈文华苑，　南庠七载身。

才情王硕士，　睿博李行人。

谈笑开新纪，　倾杯解旧巾。

何来五色笔，　绘出大江春。

赠王婷

当年初识在浦园， 课上堂前笑语温。
吾道其南三载后， 轻拈妙笔画龙门。

赠耀霆兼寄亭亭

万里星洲客， 金陵几度春。
仁心师道重， 戏剧妙文真。
把酒琼林会， 临风物候新。
相期何必远， 且慰百年身。

题赠新加坡七、八届硕士班学友

几度星洲客又来， 高楼且共月徘徊。
喜张绛帐传心志， 每识文章济世才。
百代风雅缘旧学， 千秋大业待新裁。
相期再会琼林宴， 折桂金陵笑口开。

赠李新宇

三年问学乐融融， 气貌精神濠上风。

西蜀深情同赋席， 锦州奇境话天穹。

祖骚宗汉开新境， 考据辞章有妙功。

一卷鸿文千载业， 心如明镜月如弓。

赠潘务正

六载寒门过， 潜心又乐群。

桐城存旧学， 翰苑立新军。

步逐秦淮月， 胸藏钟阜云。

何人衡得失， 天地自氤氲。

赠刘小兵

忆昔山阳梦， 风流百代传。

心诚夫子道， 何必七人贤。

赠黄跃耀

民国文坛赋, 赖君一卷鸣。
天山存旧梦, 长忆石头城。

赠孙莹莹

学术无疆界, 英雄出少年。
精心兼考论, 一脉在龙眠。

《桐城诗词》辟专栏悼念先父永璋先生,真情挚谊,感荷良深,因成长律一章,寄奉"诗学会"诸乡贤诗友

诗刊远自故乡来, 纪念专栏把泪催。
梦觉方知仙路渺, 书香犹逐笑颜开。
愚心感荷龙眠月, 妙笔舒卷白下埃。
敢献新词歌一曲, 江流至此亦徘徊。

孙伟喜得千金，依东坡《聚远楼》诗"赖有高楼能聚远，一时收拾与闲人"诗意，取佳名曰"与闲"，因成藏头小诗一首以贺

与君把酒话经纶，　闲适人生味自醇。
吉问频传贤伉俪，　祥云瑞日玉兰春。

宏律法师美国来鸿，有岁月匆忙，狼吞虎咽之叹，因成小诗以寄意

瞬息三千界，　人生贵有余。
东西两不隔，　空色亦相如。

赠于兵

六载寒门过，　新编一卷成。
文章千古事，　汉月听江声。

赠黄正国

乡音亲故域， 文脉话桐城。
旧学传新学， 姚门又一旌。

赠肖潇雨

寂寞楚天阔， 风云曾氏门。
文章经世学， 破的亦销魂。

赠蔡少青

吴中才子盛， 诗画一炉熔。
更赖岭南笔， 云开几座峰。

孙武军、金晶嘉礼贺诗

孙子传兵法， 金融善用长。
联词缘翰墨， 姻缔梦高唐。
百岁同心结， 年来玉树芳。
好将昔时愿， 合作新篇章。

赠新加坡九、十届学友

奇甸生南国， 往来似梦中。

传文期十届， 论史赖三通。

诗律存唐韵， 赋心接汉风。

抚膺明得失， 一世百年功。

赠运好

与君相识在蓬安， 把酒临风笔底澜。

话说文章千古事， 嘉陵江上几峰峦。

赠国宏

屈宋文章代代传， 唐诗汉赋意绵延。

何来大夏凌云笔， 不悔人间少郑笺。

赠建忠

闽地何为大地中， 只缘仲晦起南穹。

诗书旧业乡情重， 考论精心气象雄。

赠卓颖

尼父删诗乐教明, 千年雅郑浊清争。
平亭众说成新说, 魏晋风流又一声。

赠丽娟

丹阳有女话文君, 考述精微亦解纷。
百代传奇缘剑客, 琴心一曲敌三军。

赠胤秋

七载蓬门话赋心, 勤思敏学事师今。
且欣大汉天声远, 西子湖边可弄琴。

和冯干诗"幽"字韵

忆昔扬州论, 擒心若献囚。
康乾称盛世, 雅颂付名讴。
我述蓼莪义, 君吟白雪幽。
何须登泰岱, 濠上自清流。

寄易展学棣

蓬门今始为君开， 契翕蓉城忆旧醅。

赋笔诗情同一脉， 潜心学术莫徘徊。

懈翁曰：首句借杜甫句。

祝贺"甘肃古代文学学会"成立，兼寄赵逵夫教授

梦里敦煌道， 黄沙映绿洲。

寅年呈大计， 学会献新猷。

白下吟常棣， 皋兰赋远游。

相逢欣盛世， 文笔一箩收。

赠杨许波学棣

一代文风一代珍， 唐诗汉赋两经纶。

雕章琢句寻真味， 极目开怀荡旧尘。

忆昔南来逢戊子， 而今北上正庚寅。

金城笑问金陵客， 古寺鸡鸣笔下春。

懈翁曰：首句，取昔人"一代有一代文学之胜"说；次句，许波博士论文《汉赋影响唐诗考论》通过答辩；三句，论文落于实处，讨论其间关联，尤以篇章修词比较取意；四句，文章言及精神，亦见汉唐气象，论者胸襟自寓其间；五句，许波河北人，自兰州大学考入南京大学，时值"戊子"；六句，今学成复又北上，就职兰州大学，逢"庚寅"岁；七句，"金城"，兰州故名，"金陵"，南京古称；八句，许波曾有诗云"鸡鸣寺里一鸡鸣"，诚巧遇之佳句。

赠解婷婷学棣

论学三年在石城，　文成铁立起文旌。

鹓雏莫怨常缄默，　且听新声又一程。

懈翁曰：解婷婷学棣硕士论文乃清人王之绩《铁立文起》研究，且解君素不好言，每有询方有答，却不乏破析解纷之论，今又考取莫砺锋教授博士，将启新程，可喜可贺。

赠新加坡张俊杰学友

十载师生谊，　狮城忆旧游。

相逢原不识，　坐忘在红楼。

秋日夜饮秦淮河畔，步宝增即席诗"庚"韵以和

庚寅秋七月十四日晚，与宝增饮于秦淮河畔某酒楼，三杯一醉，兄弟相称，宝增才情纵横，即席赋诗七律一章，首句乃"再拜苏门赴旧京"（宝增北京人氏，由新京而赴旧京），因步"庚"韵以和。诗曰：

赋笔纵横慕二京，　而今气象更峥嵘。

千年汉学称扬马，　一醉家门识弟兄。

玉树闲庭羞鲤对，　桃园大木起新荣。

何当把酒燕山月，　还忆秦淮旧时筝。

懈翁曰："玉树闲庭羞鲤对"，怀想先父教诲之恩，"桃园大木起新荣"，宝增从先父学诗多年。

郭维森先生八秩寿诞志贺

岁历行开九秩新， 椿龄有庆正庚寅。

离骚赋里三家志， 松菊堂中五柳巾。

德教频频援后学， 师心奕奕见精神。

欢欣共赏初秋月， 执杖南山又一春。

懈翁曰："岁历行开九秩新"，此借古人句，昔谓行八秩则进九秩；"离骚赋里三家志"，先生乃屈原及辞赋研究大家，"三家"，指楚虽三户，喻爱国义；"松菊堂中五柳巾"，先生好陶，曾注陶集，退休隐处，著书自乐；"执杖南山又一春"，用"寿比南山"义。

友人马君于金陵创立首家"特殊教育博物馆"，馆内陈列历史各国"特教"事迹与物件，开辟之功，令人钦佩，因成小绝，乃遵马君嘱为之"题辞"耳

馆名云特教， 博物见心诚。

万国新民史， 无声胜有声。

南京大学域外汉籍研究所创建十年，筚路蓝缕，蔚然大成，感赋小诗，谨奉百一砚斋主人

　　十载春秋笔，　奎章拾旧章。

　　爬梳持寸铁，　点校说娇娘。

　　理学浑夷夏，　知音忘羽商。

　　无心成泰岱，　粒粟自芬芳。

解翁曰："爬梳持寸铁，点校说娇娘"，指百一砚斋主人整理《朝鲜时代女性诗文集全编》，曾有诗云："有涯付却无益事，旧弦新整夷女歌。"

赠新加坡南大中文硕士班第十三、十四届学友

　　忆昔庄生梦，　依稀十二年。

　　诗情存旧迹，　翰墨换新天。

　　学业勤心得，　文章着意传。

　　相期南海月，　再续金陵缘。

解翁曰：辛卯春授课狮城，距余首次飞渡南海为一、二届硕士班授课时逾十二年矣。昔庄周作逍遥之游，引《齐谐》"鹏之徙于南冥也，水击三千里，抟扶摇而上者九万里"以明志，故余初过南海，曾有诗云"庄叟南溟志，狮城即梦真"。今六渡南海，时逾一纪，为诸生授课毕，感慨系之，因成句相赠，亦明志也。

参观特教学院赠马君

感君自驾游江滨，　其乐融融笑语频。

特教人生多创意，　晓庄旧迹沐新春。

漫步江滨听鸟鸣，　千秋事业话温情。

新成馆舍春风意，　博爱人生特教名。

赠黄生卓颖

史笔文心卓义妍，　五行五德话渊缘。

黄农旧迹开秦汉，　布谷声催秀颖田。

赠王生思豪

赋笔诗心共一真，　抒情颂德两通神。

何来翰翻干云汉，　跨越桐城入帝宸。

赠安生宁

潜心学术自安宁， 唤起骚情入画屏。
应记湘江多俊杰， 端阳时节沐兰馨。

赠李生家海

汉代文章大气吞， 山岚水脉契无痕。
且观太史如椽笔， 道术人生又立言。

九月九日登金陵北山抒怀兼寄诸兄弟

时序重阳岁历穷， 晨攀北岳老还童。
平观玄武浑天镜， 远挹卢龙九月枫。
江水萦环怀故国， 山鸡啼唱破晴空。
青云健足人生乐， 一叶秋心伴过鸿。

泉州赋会忆游兼寄务正、许波、易展三学棣

赋会相逢又伴游， 离情顿释在清秋。
开元寺内古桑影， 崇武城边半月洲。

图像生涯存旧梦，　文心事业寄扁舟。
可怜偶戏虽工巧，　不及南音一曲讴。

答谢宣燕华贺生日短信
昼梦喧声起，　临窗燕子来。
感君情意厚，　去旧展新怀。

李征宇、赵明学棣来访，有酒、茶、红枣之馈，复伴游石头城，作小诗以报
李赵兼唐宋，　茶香酒自香。
枣红文气壮，　冬日沐春光。

和邦培诗家读《诗囚》"歌"字韵
游历川中美事多，　曾经画境意如何。
高明医术华佗再，　澎湃诗情太白呵。
忆约彭州存旧梦，　相期建邺诵新歌。
轻吟一曲甘回颊，　素月长空雁影过。

祝飙学兄新年北美来鸿，有"异域团圆饭"之感怀，因步元韵以和

海外飞鸿至，　窗明柳色新。

晓风吹鬓影，　大雅诵烝民。

谈笑招宾客，　戏言去食槟。

开心龙在野，　举目百花亲。

懈翁曰："谈笑招宾客，戏言去食槟"，《南史·刘穆之传》有云："穆之犹往，食毕求槟榔。江氏兄弟戏之曰：'槟榔消食，君乃常饥，何忽须此？'"

附：祝飙学兄原作

贴联门上稳，　扫雪槛前新。

桂树悬清果，　松楼坐逸民。

称心犹辣酱，　保胃已香槟。

异域团圆饭，　含情拜老亲。

贺赵逵夫先生七秩寿辰

贺章呈盛世， 赵客义依仁。

先夺三闾志， 生擒四始真。

七星光北斗， 秩职奉奇珍。

寿宴宏图展， 辰龙岁又新，

懈翁曰："赵客义依仁"，古赵多侠士，然言必信，依仁行，此借取仁义之意；"先夺三闾志，生擒四始真"，先生乃研究屈大夫之专家，每发人之未发，且治《诗》精深；"七星光北斗"，古诗"西北有高楼"，此先生学术地位之谓；"秩职奉奇珍"，先生教授群棣，桃李春风，胸中学识，实乃奇珍。藏头"贺赵先生七秩寿辰"。

贺黄卓颖学棣嘉礼

黄钟开始律， 郑舞献婆娑。

合姓联成璧， 欢心浴爱河。

中孚行福泽， 韩众仗仙柯，

谊结人生乐， 长闻顺意歌。

懈翁曰："黄钟开始律"，十二律黄钟居首；"郑舞献婆娑"，黄娶郑女，韩国全州人，现为北大博士；"合姓联成璧，欢心浴爱河"，合姓，即联姻，欢心，喻佳意，语出《韩非子·存韩》；"中孚行福泽"，中孚，卦象名，《易·中孚》疏云："风行泽上，无所不周，其犹信之被物，无所不至"；"韩众仗仙柯"，韩众，亦作"韩终"，古仙人，一说尝树食成仙；"谊结人生乐，长闻顺意歌"，古有四喜诗，一曰"洞房花烛夜"，《诗·桃夭》"之子于归，宜其室家"，朱熹《诗集传》："宜者，和顺之意；室，谓夫妇所居。"此取朱注义。藏头"黄郑合欢，中韩谊长"。

贵阳赋会赠训国兄

与君论学即求真， 岁月风云话帝宸。

会约金秋黔域赋， 非凡事业等闲人。

懈翁曰："岁月风云话帝宸"，余与训国兄九月相会北京，曾同游颐和园；"会约金秋黔域赋"，指十届赋会。

黔东南行忆侯氏姊妹

侯门女杰识双文， 治学诚心辨芷芬。

应记黔南明月夜， 清风浴目醉时醺。

懈翁曰：侯氏姊妹姊名"文学"，妹名"文心"，席上文心问余姊妹孰美，芷芬香草，无以为辨高低。

谢国申兄寄饴糖

门开快递见东阳， 品味饴糖翰墨房。

漫步诗坛亲浙地， 当年国学话余杭。

祝贺香港浸会大学创建"饶宗颐国学院"
兼寄陈致教授并序

欣闻香港浸会大学创建"饶宗颐国学院",明笃信,倡力行,振兴国学,嘉惠士林,诚一盛事。因思国学乃华族文化精粹,兴发洙泗之间,盛于闽浙之地,声教所暨,百代传承;今海宇清澄,文治攸同,东踰若木,西探崦嵫,北际冰天,南穷火维,禹域为一庠序,弦诵之声四被,陈思"欣阳春之潜润,乐时泽之惠休"之赞,考亭"乐菁莪之长育,拔隽髦而登进"之愿,于我心有戚戚焉。谨成两律,以为贺词。

乐育菁莪正道明, 欣逢盛事海天清。
香江胜迹狻猊势, 浸会文风笔架衡。
一代宗师名国学, 千年圣教迪群生。
春来建邺开新帐, 远望南维万木荣。

贺若琴音雅颂宏, 饶先吁俊海边城。
宗师立教勤庠序, 颐养诚心话实名。
国政惟贤明道义, 学风正则听嘤鸣。
院中遍植群芳萃, 诗画萦春百世情。

解翁曰:藏头"贺饶宗颐国学院诗"。

题赠四川文理学院巴文化研究院

楚蜀临江景，　于山可采诗。

汉风巴渝舞，　故国竹枝词。

建院弦歌盛，　谈文气象丕。

云台何处觅，　板楯有新姿。

敬贺江西《双峰乡志》编成并寄闻晓兄

忆昔游山兴致浓，　庐中丽色喜相逢。

闲情处处寻彭泽，　胜迹偏偏觅石钟。

佛法精微成一念，　诗心畅达夺双峰。

乡音数百年间事，　赞述南雍七尺笻。

懈翁曰：首联追忆昔时游庐山（江西第一名山）；颔联均江西胜迹，彭泽寓陶渊明，石钟，指石钟山，苏东坡有记文；颈联"佛法"句指庐山僧慧远，次句"双峰"两义，一指闻晓兄家乡，一指李杜诗歌；末联指余一世祖自明代由江西婺源迁入安徽桐城黄华乡。

五律五章赠五学棣贺五论文撰就

赠陈燕学棣

点拨唐诗境，　群峰画面开。

蓝关飞白雪，　武道卧枯槐。

马迹声声细，　西风款款催。

行行人在路，　万古一惊回。

懈翁曰：陈生硕士论文《唐代武关道诗文研究》。

赠赵元皓学棣

治学观天水，　长怀赵宋情。

同宗同气象，　异代异名声。

胡马惊南渡，　戎兵换北旌。

且欣桃李盛，　闱室听鸣筝。

懈翁曰：赵生硕士论文《南宋乾淳科举与试论》。

赠侯金满学棣

南阳三圣迹， 汉室起峥嵘。

大传明书传， 侯生话伏生。

五行呈五德， 千仞破千城。

易简功勤处， 云山水月清。

懈翁曰：侯生硕士论文《尚书大传源流考》，侯生南阳人，南阳三圣指张衡、张仲景、诸葛亮。

赠杨艳香学棣

文场评得失， 巾帼亦鹰扬。

北斗毗科斗， 南疆即海疆。

贤才招骏骨， 战阵布鸳鸯。

大漠孤烟起， 返观蜃市光。

懈翁曰：杨生博士论文《明代中后期海疆诗研究》，"战阵布鸳鸯"指戚继光鸳鸯阵。

赠何易展学棣

品说群生志，　才华最达人。

诗心随羽翰，　赋笔接天辰。

万里平戎策，　三年博士纶。

雄风何易展，　忆昔锦城春。

懈翁曰：何生博士论文《清代汉赋选研究》，何生为四川达州人。

仲夏夜喜获宏生兄邮发去岁浸会三人演讲录音稿，因思岁月倥偬且可留恋者多，感赋一律以赠

漫述平生快意情，　香江气象亦峥嵘。

元荃古道留行色，　赤柱街前置酒旌。

论学三人呵旧惑，　品茶几度忘时更。

金陵老友临轩望，　片翠山房月正明。

江上谈诗吟赠瓮安作协主席周雁翔先生，用朱子《鹅湖寺和陆子寿》诗原韵

妙绪环生伴水行，　江风拂面话诗心。
三人笑语萦幽谷，　万壑云飞出峻岑。
旧曲商量加邃密，　新辞培养转深沉。
仰观忽过天桥界，　一抹长虹贯古今。

步浙东诗赋家周晓明先生赠诗原玉

或谓东瓯绝妙诗，　黔南有讯焕新姿。
扬名网络文心志，　纵笔山川雅颂师。
虎跑流声灵隐趣，　龙盘染色半生痴。
闲来且读闲居赋，　一曲天然次第吹。

附：周晓明先生原作

先生治学赋兼诗，　荧幕谈经识凤姿。
著作宏深百世业，　功名淡远万人师。
振兴风雅赖君在，　闲习骈文数我痴。
今日群贤欣聚集，　黔中山水漫相吹。

炯兄七十寿辰设宴东宫大酒店紫金厅赋藏头贺诗

炯介人生志， 兄情亦友馨。

七星萦北斗， 十客耀门庭。

佳致丹青手， 辰光篆素屏。

贺新天有庆， 喜气紫金厅。

附：千秋岁

古今中外，雕篆呈祥瑞。观美景，丹青翠。秋枫红叶醉，遥望江如带。逢喜庆，举杯把酒凌霄志。　得意春风度，花萼同飞彩。情九五，谈华盖。杖南山竹寿，不惧朱颜改。欣撰句，贺文翰藻游东海。

赠邓稳学棣

欣闻赋圣出蓬安， 策马仙桥叠翠峦。

太极圆融如翰墨， 琴心一曲令人欢。

赠王志阳学棣

志阳偏入紫阳宫， 礼义微茫辨析功。
古道人心何处觅， 武夷山色雪初融。

赠黄若舜学棣

比兴由来轨辙殊， 山川日月化文谟。
观澜妙合王师保， 美刺新声听凤雏。

赠钟波学棣

南唐旧梦几回闻， 史笔诗心欲解纷。
长恨春花秋月调， 文章入宋亦澄芬。

百一砚斋主《读南大中文系的人》翻读，即兴成小绝以呈

一代风华万里秋， 文心翰墨辟新畴。
缘情体物人生志， 吸尽西江未断流。

赵明学棣撰硕士论文《南宋诗人苏泂研究》成，感赋小绝以赠

赵宋苏门彦哲明， 平亭有女迈新程。
金陵百咏留心迹， 画出山河岁月情。

毛锐学棣以"刘开（孟涂）研究"为硕士题久未完稿，因成小绝以励之

文章济世若悬壶， 菜子湖边说孟涂。
建邺桐城江对岸， 一苇东渡化龙舻。

即席和唐志远学棣陪游凤凰城诗

车过沅湘入凤凰， 群山万壑翠绵长。
百年古镇开奇境， 一曲新诗一苇航。
几座名居呈故事， 两场风雨洗匆忙。
与君戏乐沱江畔， 笑出晴空破雾茫。

附：唐志远《凤凰行》

孟夏潇湘草木长， 随侍先生过凤凰。
文星路上多人物， 万寿宫前鼓点忙。
乍雨还晴风习习， 山青水阔夜茫茫。
把酒清谈微醉后， 彩虹桥畔看飞航。

赠程维学棣

君心勤汉学， 陕北习秦腔。
辗转金陵地， 长怀父母邦。
文章明六义， 气度涵三江。
立雪名门后， 春风碧透窗。

赠禹明莲学棣

三年游学志， 评点赋之魂。
觅籍文津阁， 擒心不二门。
求新如涤器， 考故若开元。
极目谈天印， 黔灵旧辙痕。

忆十八月潭之游临别赠易展、饶丽贤俪

满目堆奇绣， 云山气象宏。

三千珠履盛， 十八月潭清。

过境皆如画， 闻声竟若莺。

欢时临饯别， 还忆达州情。

赠安生

潍坊小子用情坚， 两岸求同域外篇。

识得文公知别意， 一支赋笔绘天鸢。

赠刘泽

刘汉华章刘汉情， 凌云健笔几人评。

文君丽泽荒唐甚， 一曲琴声犬子名。

赠刘祥

鲁湘负笈入金陵， 不问行程说驾乘。

应爱东巡存赋颂， 临观海上浪千层。

赠赵元皓

红巾翠袖慕潘郎，　偏说西征典故藏。
问道行行勤六载，　青春岁月入青箱。

步言恭达元玉

笔走风云雨露恩，　姑苏夜话忆犹存。
新春忽报神龙帖，　最爱初心是国魂。

附：言恭达《答友人》
曾沐春风始报恩，　桃园饮誉梦犹存。
人生阅尽风霜后，　但教诗魂振国魂。

赠唐颢宇二首

比兴文章兴味酣，　唐情宋意两相骖。
别裁应破风云网，　红湿晓看对镜探。

才思敏捷笔沉酣，　赋话诗心孰敢骖。
箕豆传言焉足羡，　天涯咫尺彀中探。

赠时俊龙

三年从学志，　九九尽寒冬。

赋象呈天象，　文宗喻岱宗。

仙林花色艳，　沪上爱情丰。

勿用其行远，　时来起俊龙。

成都赋会赠朝谦兄

赋论开新纪，　蓉城作旧游。

呼卢惊弈技，　应物赞诗猷。

健笔天行健，　讴吟白雪讴。

远怀多故迹，　把臂锦江秋。

贺简宗梧先生八秩寿辰

相知隔海久钦仪，　二十年间几度师。

共沐高风桃李盛，　常因睿识寸心驰。

文章倜傥明儒术，　赋笔纵横述玮辞。

访学曾经千蕙畹，　欣唫朝杖板桥诗。

张舵学棣以"唐赋中庄子"为论文获硕士学位志贺

逍遥妙境赋中寻， 应识庄生论古今。

小叩唐音惊象罔， 无端蝶梦自亲心。

梁秀坤学棣以"历代赤壁图"为论文获硕士学位志贺

迢递千年赤壁图， 勤观众相几人殊。

何当入画逢苏子， 一卷新篇作虎符。

欣闻《历代赋汇》校订样书印出，感成短律一章赠樊昕学兄晒正

欣观《历代赋汇》（校订本）样书，忆岁月之销磨，同仁之助力，尤感责编樊昕博士及出版社诸友精心审校，切磋商榷，始克有成。昔樊迟问仁学稼，勤龟励志，伯牙琴台知遇，汉阳旧迹，思故弥新，因赋短律。

万物生天地， 与君品赋章。

征文兼考献， 磨琢又商量。

学稼称樊子， 知音忆汉阳。

海宁陈阁老， 曲水可流觞。

己亥春《莫砺锋文集》出版，谨赋短律以贺并呈砺锋先生雅正

论学兼唐宋，　升堂得失评。

尼山明德教，　濠上有风情。

畅饮东坡酒，　临观笔落惊。

南雍邻绛帐，　于彼凤凰鸣。

赠陶冉

几世琴歌几曲弦，　三年治学得真诠。

高山活水今何在，　浮渡香江句好联。

赠王希圣

魏晋风流不可寻，　游山玩水觅清音。

归来却伴书香梦，　赋画神情笔作琴。

赠牟歆

枚马文章两地牵，　相承大汉赋因缘。

灵犀一点通音色，　水漾新声浪扣舷。

送思豪之澳大任教

桐乡义法出宏文，　笔落名刊笔伐勤。

曾伴云山寻故迹，　却分泮水立功勋。

杏坛未远宜相忆，　濠上伊遥可待闻。

莫折台城湖畔柳，　横琴一曲自殷殷。

刘泽学棣以"赋病疗疾"为博士论文，戏作短律题赠

汉泽因刘姓，　雕龙论亦昌。

书风尊法帖，　笔意属青箱。

赋说文园病，　思成肘后方。

仙丹何处觅，　夺目尽姚黄。

许玄、何怡然嘉礼贺诗

许身天志远，　玄妙出平常。

何意相思树，　怡情合卺汤。

然膏勤教励，　嘉淑自宣扬。

礼就姻亲好，　诗成比翼航。

避疫居家，闲翻务正点校《沈德潜集》之《归愚诗钞》，成短律一首兼寄居家避疫之潘皖江

避疫闲居处，　高台坐忘驰。

清风和日至，　旧籍伴时移。

圣德乾隆叙，　潜心格调诗。

皖江新谱曲，　点赞一吟痴。

庚子春日欣获漆雕世彩赠联语感成短律

忆昔湘江畔，　相逢愿识荆。

长联骈偶对，　健笔意纵横。

戏说诚京调，　雅言亦楚声。

漆雕开气象，　北学自南行。

安生学棣博士毕业以域外韩学成论文，将北去京师，临行赠小诗以记

六载文章志，　与君仔细探。

心间存远略，　域外起层岚。

国奖频年得，　中情计日贪。

此行回首处，　诗意满江南。

稼雨先生惠赠名师讲堂大著《世说新语与魏晋风流》，感赋短律以贺

卅载名师意，精华一卷收。
勤心呈教励，绛帐献嘉猷。
寻道山阴道，访舟雪夜舟。
涵芬曾忆旧，魏晋说风流。

送永祥学成归芜湖任教

求学鸠兹岸，台城筑石长。
群生勤辐辏，锁钥执纲常。
论赋如观戏，谈文亦滥觞。
行歌归故里，东作属初阳。

辛丑新春成短律题赠兰亭会

访道山阴径，寻踪上五台。
扬琴随妙手，乐士唤新醅。
笔走兰亭会，文成锦绣堆。
茗香浸墨趣，东作一枝梅。

宣燕华学棣通过博士论文答辩，索句七言，因成长律以贺

克让延陵入白门，　仙林柳拂鸟声喧。
虞廷十六传心法，　女史经年论学源。
岁月艰难因作赋，　乾坤简易可窥园。
春风几度江南路，　且傍锦机织墨痕。

壬寅初春口占短律赠剑波兄

西蜀凌云气，　又开峻宇堂。
赋心尊六义，　诗笔法三唐。
漱石寻芳径，　枕流醉羽觞。
申江临望处，　极目起风樯。

赠陈丽娟

锦瑟南庠说郑笺，　诗心赋笔雁连天。
曾经下学三韩境，　一曲箫声忆子渊。

赠刘天宇

鲁湘轮转地，　负笈秣陵城。

素学黄公学，　春荣雨露荣。

初心亲骏足，　别论纵奇兵。

滨海楼高远，　悠然出正声。

八咏歌贺周勋初先生八十寿辰

读《九歌新考》

华章生楚国，　解说更相亲。

三姓多恩泽，　九歌一曲新。

东皇云雾散，　河伯故名申。

读罢明心志，　南庠又是春。

读《韩非子札记》

儒法争锋日，　群贤竞辩才。

泊兮其未兆，　隐秀待春开。

昭昧申韩义，　钩玄解老材。

东方三国志，　西帝望仙台。

读《中国文学批评小史》

道小何须大，　家肥国自肥。
文心崇简妙，　史笔破幽微。
片语常居要，　千秋尽入围。
外邦争译介，　异域竞芳菲。

读《文史探微》

汉唐称盛世，　魏晋亦多文。
三派成新论，　折衷逐暗云。
咏怀明阮志，　立贱述曹君。
更有刘公梦，　重言自解纷。

读《诗仙李白之谜》

诗坛奇崛境，　太白谪仙人。
侠骨通夷夏，　悲风起外姻。
微茫思坠绪，　奥妙出艰辛。
若问其中味，　一支笔有神。

读《当代学术研究思辨》

开卷馨香至， 如观翰墨林。

显彰明本位， 考镜说诗心。

一代文章胜， 千年雅颂音。

通才缘博识， 安辨古与今。

读《唐诗大辞典》

禹域称诗国， 唐音大典成。

条分工具用， 品藻匠心衡。

古调群贤奏， 新编一卷精。

欣然予亦在， 附骥得彰名。

读《册府元龟》校订本

忆昔辛勤甚， 同怀共济情。

十年磨利剑， 千卷曜书城。

捷报频传至， 奖居特等名。

元龟呈盛世， 美誉寿先生。

怀人

中秋夜怀诸学棣

南方暑气长，　北地动微凉。
旧月圆新月，　他乡望故乡。
有心文杏饰，　无意桂花香。
若问金陵夜，　乾坤寄一觞。

薄暮闲登石头城健足怀友人

信步无心地势宽，　东吴旧梦古城残。
微风鹊噪疏林晚，　落日云飞石级寒。
尚忆天涯曾浪迹，　空闻水岸独吟安。
回栏尽处三山外，　咀嚼人生入齿酸。

癸巳夏皋月十七日务正、许波、晓光来议赋汇事，与在宁诸学棣聚会仙林中心某酒楼，欢娱间因忆建辉、新宇，余心感之，赋七律一章以记兼寄诸君

曾经论学影如随，　作别他乡各自为。

赋汇姻缘时一聚，　诗残寂寞鬓多衰。

伤心忆旧勤珍重，　白笔成文应解颐。

酒罢临轩遥对月，　仙林湖畔绿杨枝。

追怀洪顺隆先生并序

先生执教于台湾中国文化大学，予拜识尊颜，交游请益，缘于三次国际学术会议。第一次是1995年秋洪先生来宁参加魏晋南北朝文学国际研讨会，并提交论文《六朝题材诗系统论》；第二次是1996年冬予往台北参加第三届国际辞赋学术研讨会，先生提交论文为《论潘岳赋的经典风貌》；第三次是1998年秋先生再次应邀来宁参加第四届国际辞赋学术研讨会，复提交论文《初唐赋中的儒教思想风貌》。观此三文，已知先生论文思想的经典性、系统性与学术性。尤其是最后一次金陵赋会，先生携四弟子同来，研思诲教，蔼然长者风范，令人钦仰。且先生自云研究唐赋与儒教之关系后，将再论其与佛教之因缘，予曾私下思忖，先生之于儒学之道德文章、佛学之博济情怀，可谓兼之矣。未久，予两获先生馈赠大著，

披习参摹，爱不忍释。本期于2001年召开之第五届国际辞赋学术会上再读华章，不料先生已于年初遽返道山，忆昔同行阳明山道，共赏秦淮水月，竟暌隔天人，不禁泫然。感赋五律一章，以寄追往怀思之情。

> 游学曾三遇，　黉门桃李辰。
> 阳明山色秀，　淮水月华新。
> 解赋观高义，　谈诗慕厚仁。
> 临风天际外，　一念一禅身。

悼建辉

> 惊闻噩耗悼吴君，　好记当年问学勤。
> 父母劬劳常戴德，　彤管贻训有清芬。
> 登堂入室谈心得，　静气平声制博文。
> 正是佳辰成事业，　杜鹃啼断楚天云。

懈翁曰："父母劬劳常戴德"，建辉多孝心爱心，每谈到家人，充满感恩之情，而建辉此去，老母送别，情何以堪；"彤管贻训有清芬"，《晋书·列女传》有"彤管贻训，清芬靡忒"；"登堂入室谈心得，静气平声制博文"，建辉最近正在仔细修改博士论文，准备出版。

哀父词

哀哀拊畜度寒温， 季子空吟皓月魂。

遗翰惊心每触目， 慈容挂壁似谆言。

金陵三断枞川泪， 南序十年玉树恩。

裂帛声声存旧梦， 那堪风雨侍晨昏。

戊子清明前十八日，父母双亲灵鉴

又是清明日， 思亲盛德馨。

儿孙多护佑， 父母自安宁。

三载春风过， 一山满目青。

祖堂花树艳， 泣拜报双灵。

清明日祭祀南郊忆先父

如斯岁月伴江流， 每到清明意若仇。

案牍穷形何苦乐， 云山变幻几春秋。

谆谆诲教菁莪梦， 漫漫情思五谷畴。

把酒临风勤祭祝， 三千世界一诗囚。

追怀郭维森先生

骑鹤下扬州，　人生得至柔。

诤言勤国是，　厚德诵同俦。

抛却声名累，　闲观湖上鸥。

中华辞赋史，　尚忆几春秋。

哭张晖博士

惊心噩耗惑悲闻，　鹊噪疏枝掩夕曛。

北苑新声传学史，　南庠旧梦出青云。

椰林小店曾谈赋，　故国田间话作文。

应是春风勤振翮，　苍天坠泪雨纷纷。

哀忆新宇

三年问学入蓬门，　笔架奇观影像存。

北国怜才缘荐举，　南庠励志夺晨昏。

元明赋论成新说，　父母深情忆旧恩。

泪落风檐迷老眼，　浮云幻境咒乾坤。

读先父《哀南京》诗感赋并序

先父(许永璋)于抗战胜利年将自撰抗战诗成集,名曰《抗建新咏》,并编辑出版鼓舞将士抗敌效国的《从军乐古诗选》,《新咏》中收录其作于上世纪三十年代的长诗《哀南京》,实录日寇"南京大屠杀"之情形,诗中以"何图暴力倾"谴责日寇攻城暴行,以"一江白水赤"记录大屠杀之惨状。读其诗而明其史,感成小诗,以为纪念。

虎踞龙蟠地, 何图暴力倾。

春秋明大义, 鬼蜮竟伴盲。

实录昭然在, 凶顽触目惊。

诗人评善恶, 荡涤海天清。

悼念傅璇琮先生

考据词章并, 风开一代先。

深情谈小赋, 旧忆逐长川。

宋笔春秋志, 唐文锦绣篇。

京华怀盛德, 论学得真筌。

痛悼汪公矛珠吾兄

噩耗惊闻已逾年， 伤心泪落曲肠穿。

何曾岁岁平安问， 罔顾绵绵苦难缘。

落拓江湖增白发， 栖居闹市叹长川。

春来大野花开日， 梦续当时翰墨筵。

哀悼宗文兄

曾经省识在泉城， 返驾金陵事以兄。

掷笔推文歌慷慨， 吟诗论赋意纵横。

来年守约同仁会， 何处相期白首盟。

仙路蕢茅灵氛卜， 三余翰墨故人情。

杂记

杂诗

夜读冥思斗室春, 荧屏百合忽传神。
可怜废学偏修学, 却作情人不圣人。

无题

历运值寒冬, 老怀拄瘦筇。
谁人明古意, 十二巫山峰。

新年杂咏

新历开新运, 元和日更明。
乾坤连海岱, 万籁自多情。

新历开新运， 追思旧月明。
江风吹面颊， 一笑一生情。

新历开新运， 人生道路明。
何须师卜筮， 天地亦怀情。

新历开新运， 灵犀一线明。
同心同气息， 敢教负深情。

代友人戏作二首

春风何日到天涯， 我慕停云更爱花。
卓女琴心谁拨动， 犬儿酒意自添加。
愁肠绕月桂宫冷， 幻梦如霞海岸沙。
莫怨阳关行路远， 千年一曲唱蒹葭。

蒹葭一曲荡心田， 又唱好逑我欲眠。
不怨落花堆似雪， 那堪度日积成年。
春风应送巫山意， 秋月还须蝶梦圆。
憔悴平生缘病酒， 相思苦待玉人怜。

梦觉闲吟

夜阑卧听说传奇，　口角流涎春雨滋。
梦觉晴空秋月在，　不随人愿向西移。

非典隔离小诗

莎翁肆虐鬼神愁，　未上疆场亦楚囚。
且伴孤灯翻旧策，　任她明月照西楼。

土地咏叹调——王地与地王

王地堂皇出地王，　可怜蚁族梦黄粱。
国家家国无私利，　谁是代言谁自强。

看电视直播广州亚运会开幕式有感

风光无限耀羊城，　绝地天通举世惊。
快乐民生讴大国，　鱼龙戏罢小鲜烹。

取"博"咏叹调

两亩三分地，　几篇破论章。

才云优学识，　转舌劣顽狙。

子欲无言境，　庄追吾我丧。

抚思前圣迹，　田猎发心狂。

端阳节前夜伤卧叹水殇

借问神仙女，　安居在某州。

六宫何粉黛，　三峡几春秋。

旱魃吞云梦，　残翁弃远游。

晨兴先植杖，　大地若虚舟。

愚人节感怀

今又愚人节，　纷纭问老聃。

卫星何日射，　导弹几区拦。

南海风云变，　中东议合难。

红歌方奏歇，　又听雷团团。

懈翁曰：老子自称"我愚人"。

网上恶搞杜甫，或愤怒，或购物，或驾车，感其想象丰富以赞

诗坛哥愤怒，　盗贼即王臣。

物价经天涨，　锦江底日春。

仙饮人买醉，　乌有屋栖身。

想象奔驰乘，　清风绝后尘。

2010元旦抒怀

异域逢佳节，　惊心时序回。

三杯通大道，　一醉赖新醅。

元旦年年过，　春花岁岁开。

登高寻旧迹，　满目无形财。

2011年元旦抒怀

元日临窗立，　峥嵘气象开。

庚寅闲里度，　辛卯望中来。

往事堪回味，　前程颇费猜。

揽持新日月，　且照读书台。

2012年元旦抒怀

元旦年年至，　韦编意未乖。
心期千古事，　眼望十三钗。
赋笔增新趣，　诗情慰老怀。
云山何处觅，　问道破芒鞋。

2013年元旦抒怀

日色临窗照，　惊开卧榻诗。
新年来亦速，　旧历去何迟。
秀句游书海，　清言泛墨池。
阴晴随意决，　至境在心痴。

2014年元旦抒怀

丽日生晴翠，　时新未觉寒。
江流因地势，　气数变衣冠。
走笔龙蛇际，　吟讴雅颂欢。
斯夫川上日，　逝水几回澜。

2018 年元旦抒怀

人生缘造化, 梦觉亦迟疑。
瑞雪临空处, 桃符换旧时。
天心随意得, 赋笔伴情移。
新历开新运, 东君又展诗。

2019 年元旦抒怀

或问新春志, 随心戏弄文。
楼居江岸立, 昼起鬓须纷。
贸战惊年过, 皇天更日勤。
开窗迎视听, 鸟噪唤东君。

2020 年元旦抒怀

旧历悄然尽, 元神欲叩轩。
春声催地轴, 丽日曜天垣。
疠疫何需畏, 图文不在言。
心缘开万象, 把酒酌新樽。

2021年元旦抒怀

瑞象金牛兆，　羲和弭节行。

开天云雾散，　得道可心诚。

七历通耶教，　三旬接舜耕。

临窗遥望处，　万物共新生。

2022年元旦抒怀

旧叶随风逝，　新年动历车。

青春追佛系，　影像忆芳华。

气运衣冠变，　云开颂赞夸。

忽闻苏子赋，　铁板唱铜琶。

生日小诗

十九过三巡，　阴阳历合辰。

书香盈室案，　把酒却嗔春。

题掼蛋王牌

胜友如云至，　　相逢坐四方。

惊心观紫电，　　夺目落青霜。

一局欣王炸，　　千门祝小康。

龙光牛斗处，　　进技亦流芳。

题佳人凝睇图并序

友人丹青妙手，绘一绝色佳人，于台城之畔，鸡鸣寺内，豁蒙楼中，凭栏凝睇，似嗔如怨，莫可名状。观画幅远景，乃钟山迷茫于烟雨，扁舟点缀于湖间；其近景，则古寺钟声，悠扬飘逸，禅门释子，佛诵频频，空色之间，盖有意焉。感赋小诗，因题画端，西人马斯洛谓"高峰体验"，佳人之意乎？诗人之情乎？惝恍迷离，如入太虚幻境云尔。

佳人凝睇豁蒙楼，　　帘卷微茫几湖舟。

瞬息宁馨来旧梦，　　高峰体验伴闲愁。

禅门意境真心寄，　　古寺寒风佛诵稠。

莫怨无情多柳絮，　　台城尽处是菱洲。

咏张平子

汉道经衰世事艰，　明玄崇礼拯虚孱。

疏针图谶平妖说，　讽议中官敢犯颜。

滴漏浑天星象转，　观风动地震源颁。

那堪赋颂灵台上，　未觉归田在宇寰。

徐福下东瀛有感

徐福存仁善救人，　数千童命脱凶秦。

试看三月咸阳火，　遥映蓬莱自在身。

咏云梯关步朱文泉将军元玉

突兀东南剑气寒，　云梯万仞起峰峦。

关山应记平倭寇，　望海楼台对碧澜。

附：朱文泉《咏云梯关》

云梯云锁海倭寒，　弁勇当关稳若峦。

霸道长淮腾浊浪，　朝宗铺锦接天蓝。

步明人郭汝霖《钓屿》诗原韵并序

我国明清时期有大量文人学士歌咏钓鱼岛,视为我本有之领土,郭汝霖(明嘉靖三十二年进士)《钓屿》诗即为其一,因步原韵,既明史事,又赞文情。

海域远山横, 遥思钓屿行。

诗心开物象, 史迹自昭明。

故国风徽见, 中华气骨清。

妖言如梦呓, 纵目碧澜平。

附:明人郭汝霖《钓屿》

天畔一舟横, 长风万里行。

黄鼙浮浪远, 钓屿蘸波明。

蜃气山将结, 涛声笛共清。

倚樯时浩啸, 奇览慰生平。

海东诗抄杂咏

贺韩国外国语大学中文系升格为中国语学院并序

己丑年,余赴海东,忝列韩国外国语大学教席一年,仲春佳日,适逢中文系升格仪式盛典,中韩学者济济一堂,论学之余,于杯酒间感赋七律一章以贺。

祥云瑞兆正佳辰,　外大中文气象新。

拓扩堂庑观世界,　提升学术出经纶。

当年宾贡长安境,　今日聚贤汉水滨。

我自金陵千里客,　欣逢盛会满园春。

春日首尔观樱花赠张沛君并序

韩国首尔,每至仲春,樱花缤纷,实为佳景,且以汝矣岛为观览胜地。而与余同执教于外大之北大张沛君,愿求近而不涉远,偏喜距客寓数百步遥之庆熙大学校园内几株樱花树,倘佯其间,海阔天空,神聊无方,乐甚。然观赏之际,余忽忆六十余年前,樱花乃日本殖民文化之产物,时过境迁,游人乐游其间,孰生此念?张君亦因樱花开陨之速,而生"悲壮"之叹,因感成小诗,归寓后书于尺幅,博张君一笑。

是何妖艳生奇色, 妙手编成造化工。

或道东园传异种, 且观外域沐春风。

骤开遽落寻常事, 铺地盖天变幻中。

花自无言人有意, 可怜一夜谢残红。

与诸生吃烤肉

新罗学子忆唐朝, 两国文明史册昭。

正是海东春色好, 师生雅集乐逍遥。

秋游釜山太宗台并序

己丑秋日与外大同事赵、张二教授同游釜山海岸之太宗台,台上立有天然神仙石,景象奇崛,台基石平整如镜,仰卧其上,观海天一色,意趣浑茫,颇有"归欤"之叹。因成小诗以记。

釜山临海境, 浪蹴银屏开。

佛卧齐天阔, 心斋远象恢。

依稀庄蝶梦, 恍惚太宗台。

应化神仙石, 归欤笑语诙。

圣诞夜校园观雪

圣诞之夜,瑞雪忽降,余与张、赵、王诸教授踏雪外大校园,客居海外,此时此景,别有一番情趣,因成长句以记。

久居客舍意沉沉, 忽见窗明瑞色临。

撒盐空中嗤拙句, 因风柳絮奏瑶琴。

欣逢圣诞海东夜, 且话深情禹域心。

踏雪归来寻趣味, 今宵一刻值千金。

京畿道赏雪

诗人兴会不难寻，　朔气寒侵步雪深。

眉挂银珠天祝寿，　相知最乐白头吟。

登北汉山

暇日游攀首尔北汉山，由地铁一号线转四号线，出口处街衢纵横，但见山形，不得其径，因询路人，答曰"不看"（韩语"北汉"之读音），顿悟禅机，因成句曰：

闲中登北汉，　道路几回环。

未得迷津渡，　询知不看山。

玄珠来足下，　大隗在心间。

自戒穷年梦，　悲哉两鬓斑。

己丑岁暮教学期满将离韩返国，心生依眷，感赋五律一章赠诸友

归家临岁暮，　夜月对开襟。

海外传师道，　寰中看玉簪。

春秋因时变，　寂寞起寒吟。

自觉边缘化，　流人亦娱心。

香江杂诗

辰龙岁初乘港龙班机抵香江

岁次辰龙乘港龙， 空中漫步亦从容。

昏然一觉冬成夏， 脱故开新海上峰。

入住海滨花园

花园海岸近沙滩， 胜境凭栏独自看。

满室瓢盆安得手， 下楼遍觅腹中餐。

入住荃湾海滨花园，晨兴闻布谷鸣声，颇有都市野趣，感赋五律一章遥赠诸学棣

花园新入住， 陌路客心惊。

都市楼排立， 海风面拂轻。

晨岚渲梦境， 暮色镀湾泓。

布谷声声唤， 何哥起笔耕。

懈翁曰：何哥，禽语，为布谷鸣声。

顷接祝飙学兄北美新作，因问来港近况谨步元玉以诗代笺

初入香江境，　金陵一梦遥。
诗文存旧迹，　国学盛新朝。
日授三门课，　夜闻几度箫。
荃湾萦海岱，　牙月出云梢。

陈致兄邀饮香江清水湾豪宅，同游者宏生、蒋寅、张健、春泓、渊清诸兄，感赋五律一章以记

七星多陆客，　异地会同俦。
夜色亲人静，　春风拂面柔。
美餐开式燕，　豪宅似碉楼。
贤主嘉宾乐，　笑谈一代讴。

纪游一首

大邑幽闲地，　微风曲径还。
群峰依海立，　远市若云环。
运笔将军澳，　行吟浅水湾。
山房挹片翠，　谈笑墨茶间。

游元荃古道

信步元荃道， 诗情逐鸟翩。

长桥萦海上， 笑语入林间。

着意留新影， 无端饰旧颜。

人生随物变， 最爱是心闲。

寄珠海学友

荃湾佳丽地， 学院扬清名。

际遇同心志， 相逢寄远程。

海边谈国学， 月下听涛声。

回望人生路， 温馨半载情。

应宏生兄邀与蒋寅兄同赴香港浸会大学中文系，作"清代文学三人谈"，感赋七律一章

治学交游不慕仙， 香江岁月共留连。

清文品说三人论， 港岛雷鸣四月天。

筵席初开邻小凤， 灯花落照会群贤。

闲观海上风云变， 求气因声一曲弦。

观塘访方扬师归赋七律一章并序

余上世纪八十年代初从方师习洋文,逾年方师移居港岛,不见三十余年矣。忆昔同学友以"年轻、儒雅、帅气"状师之貌、师之心,信然!岁月倥偬,方师偶于网上见介绍余之文字,并识图像,亦以"儒雅"回赠,师生情缘,断而复续,是公元二〇〇九岁事。又逾年,方师行外跌伤,两股骨坏死,医换人工关节,又逾两年始可拄杖缓行,此余今岁春来港客座,联络方师,始知其然。昨无课,天晴好,余自荃湾乘车转观塘,访方师于其寓,叩门稀发"老生",启门拄杖"老翁",虽或未如昔人言"相逢应不识",然三十年白发侵首,皱纹布面,回思当时青溪月下夜校朗朗诵洋词、读洋文之声,一如昨日之境,不能无感,因成句以记述其怀。

车到观塘遍觅寻,　群楼兀立孰知音。

虔心治学明中外,　拄杖启门变古今。

三十年华赠白发,　大千世界付轻吟。

香江月色临春水,　疑是青溪夜气深。

逛港岛文物街感赋

与在港诸教授同游港岛文物街,入御雅居,见商周青铜器,其铭文多为史册不载,惊成五律一章,以记其恍惚之情。

礼失求诸野, 奇珍御雅居。

青铜铭刻在, 史册笔锋疏。

故物真难辨, 人心好古初。

商量观旧学, 著实即成虚。

海边闲步观老人用拖把蘸水书写诗作于石地面上有感

闲云野鹤海滨行, 遇叟挥毫巨笔撑。

乐府新声鸣石上, 右军旧法步前程。

清谈过客峥嵘意, 指划轻痕落寞情。

忽忆姑苏书席夜, 匆忙问道袖中盲。

懈翁曰:海边老叟书法甚佳,且自书其诗作,末联有"香江老者赡养薄,政府宜增长津贴"句,谓之香江新乐府可也。因忆昔时于姑苏为文联作演讲,是夜书画组笔会,书家皆从囊中取出"书法家必备"袖珍小本,印有古今名人诗句,以为"艺资"。呜呼!衮衮诸公,名声显赫,胸无点墨,落笔千金,视海边无名老叟,情何以堪?

偶吟

余近年常客海外,传道授业,今旅居香江半载,邀请方提供居处,所谓三(小)室一厅,于此间为"豪宅"矣。上月岳母、妻、儿同来游,居则宽广,游则乐甚,幸何如之!忽忆当年南大"南园"与先父蜗居一室,案前床头,耳提面命,勤治学而苦笔耕,父亲有"少年积篑老成山"诗句,今始信然。然游学域外,漫步海滨,却不能伴父杖(父亲自称"石城左杖翁")而行远,每思至此,浅寐辄醒,夜起望月,不胜怅惘,因成短句云。

忆昔南园境,　蜗居治学诚。
床头勤教励,　夜色几回明。
远道传师道,　游情起悔情。
养亲亲不在,　恨不早成名。

寻山访寺三绝句

余每车过荃湾,但见远山林荫间有巍峨宫殿,或壮丽庙宇,于是越高速,钻隧道,登石级,进入芙蓉山路,几经回环,入禅庐,再越山峦,至结莲庵,远观之景,化虚为实,已在足下。因成三小绝以记趣。

步入芙蓉境,　云深石级还。
群楼犹在目,　海市挹荃湾。

远望山中寺，　平明问道舆。
回环高速路，　曲径入禅庐。

禅庐随意出，　复入结莲庵。
不觉深山里，　华灯远市南。

《半岛之半》附诗"百绝句"

己丑岁，余客海东，居韩国外大教席，积时阅十月余，遍历其境，人物情致，时萦于心。壬辰岁，复客座香江，经春至夏，闲居寓所，漫步海滨，忆昔时旧事，随手忆录，成《半岛之半》百篇，附诗百首，聚沙为塔，集腋成裘，弊帚尚自珍，亲历那堪忘。因集"百绝"，汇呈如次。

"木鸡"的境界

腹内经纶海外迷，　始知万物老庄齐。
无端小辩何穷尽，　大智从来若木鸡。

不看山

闲登北汉路回环, 询问方知不看山。
大隗人生寻快活, 无心却在有心间。

不是"中国制造"

小贩街头呼唤狂, 匆忙献技弄刀枪。
一声不是轻中国, 气压厨房卧灶床。

长峰岛

野趣野餐作野游, 长峰岛上伴闲鸥。
人生乐在非人处, 禽兽无知适自由。

成均馆祭孔

释奠春秋万世师, 成均节仗海东旗。
可怜礼失求诸野, 教化安民辨夏夷。

池夫人

大国风徽隔代传， 佳人异域续前缘。
豪情换作池中物， 笑说清溪不是川。

池院长眼中的"北大"

北大园池北大墙， 韩人度越看风光。
咸丰偏作开元梦， 一曲歌吟化凤凰。

鼎钵山

随遇而安即是禅， 游心鼎钵淡云烟。
山青水碧观城市， 得意人生自在诠。

庆州东国大学讲演

不谈学术说登山， 东国师生列坐环。
快乐何来文字障， 无端白发笑红颜。

佛卧太宗台

道在身存话太宗， 海天一色意从容。
高唐梦里寻神女， 异国他乡卧佛踪。

冠佛岩与桐华寺

桐华冠佛化成身， 世界和平觉悟真。
善恶分明心意度， 游人膜拜种前因。

海女

出没风波浪逐回， 从容海女入图来。
当年应是青春岁， 犹忆无形梦里财。

有关孔子：同声翻译的一则口误

国际文明话孔门， 同声误译觅真源。
大成至圣谁人识， 鹏翼南图北辙辕。

汉语班上的中国生

国际文凭盼海归， 华章给力学分肥。

真经了得他乡色， 敢笑江东一渡苇。

回望道峰山

春风得意道峰山， 秋气凌云几度还。

小立人形何处在， 乾坤芥子水潺潺。

记一次学术交流活动

自古高才好作文， 而今论说建奇勋。

交流学术何须学， 兴怨且观妙在群。

济州石人像

巨目双撑望断魂， 西归浦畔怨和恩。

可怜五百童男女， 石上斜阳落照痕。

勇走江华岛

寻图索骥绝韦编， 支石撑开故国天。
燕尾离宫相对峙， 江山黑白一灯传。

江陵会议

海东美色数江陵， 穿越千年孰为凭。
叹息人心多孽障， 晴空墨浪月初升。

警察的盾牌

护国保身有盾牌， 何须利器出胸怀。
无端席上犯颜甚， 吃素原来未谐谐。

发表

授业成均觅道源， 无声绝胜有声喧。
课堂上下师生替， 子欲无言是预言。

龙仁校区

天然丽色在龙仁， 清水塘边说教频。
四字箴言成忆念， 当年浪迹作游春。

卢武铉之死

一代君王坠石亡， 新闻效应耐思量。
可怜夜月临烽火， 太息人间善恶场。

内藏山观枫叶

人生得失费思量， 枫叶如丹落地荒。
山势有无云影变， 天光水色识行藏。

四上南山塔

游情四度上南山， 汉水中分入画颜。
意象原来因物象， 思乡何必在心间。

偶遇"大长今"

长篇百集大长今， 偶遇扬州不必寻。
积学原来多妙用， 前缘后续有知音。

北方有佳人

试问南来北地生， 艰难岁月孰平衡。
佳人语默那堪说， 倾国何需又覆城。

韩食、泡菜与国际化

国色天香大酱汤， 坛中泡菜觅珍藏。
其间妙用缘虚腹， 了却东方跨远洋。

庆熙观樱花

妖艳身姿入画中， 庆熙镜像更无穷。
形形色色何来色， 一夜风吹惜落红。

庆州小茶房之夜

新罗旧国品新茶,　小屋茅檐夜气加。

莫怨年华增寂寞,　一弯月色故人家。

全州拌饭

一餐拌饭赴全州,　快客飞驰忆旧游。

杂色锅中谈趣味,　丰南胜境意蹰踌。

上月谷

四季景观尽眼中,　攀缘曲径逐飞鸿。

他乡健足成追忆,　上月微芒谷底风。

圣诞之夜飘雪吟

寒冬夜气郁阴沉,　圣诞诗开白雪心。

惑乱他乡君必悔,　今宵一刻不千金。

首尔的双洞

洞天福地聚钱财， 现代文明颇费猜。

物欲心灵呈杂脍， 街头醉卧复童孩。

踏雪佳陵镇

相知最爱白头吟， 踏雪佳陵夜气深。

何必归途寻旧梦， 人生得乐自开心。

韩国校园里的"图腾"

校园特色看图腾， 立学宗门信有征。

异域情怀思故国， 浮风褪尽自心澄。

新年团拜

执子倾心话语难， 新年互拜在南韩。

厅堂兀立多颜色， 万国衣冠见大观。

兄弟咖啡店

一客咖啡意味长， 冬曛夏夜弟兄行。

清谈爱国增消费， 直把他乡作故乡。

序齿社会与韩国老人

年轮爵位不堪伦， 旧去新来说亦陈。

忽忆居韩观校庆， 政风穆穆学风醇。

夜宿公州

千年百济武宁王， 曾几何时即败亡。

惟忆公州明月夜， 一声朝食去匆忙。

一双运动鞋

四季风云足下藏， 天光水色寄栖惶。

青山踏得存佳趣， 何必无言怨夕阳。

堂上"宫殿"商榷记

游观殿室觅知音， 比较中韩话古今。
课上闻声商榷日， 天然妙境见民心。

小憩月尾岛

小憩无心栖月尾， 风烟海上忆当年。
将军麦克今何在， 百度先知亦忽然。

又到大田作旧游

轻车重负大田行， 旧梦如烟忆客情。
莫怨江山空地色， 人非物是话前程。

暑期汉语培训班

师资培训若谈天， 众口同声一曲弦。
最是依稀蒙昧处， 他乡异国结心缘。

参访首尔战争纪念馆

兄弟相残父母乡，　行年六十待重光。

悲哉未识春秋战，　义字当头说列强。

自由桥边的遐思

临津阁下自由桥，　独立寒风忆旧朝。

六十年来多少事，　鸦声点点梦迢遥。

宗庙与宗庙祭祀

礼法东周服色明，　荐新献爵奠三成。

子孙饮福感馨德，　回望中州触目惊。

醉倒清溪川

无端醉卧在清溪，　巨石承身意态迷。

狼狈情形存摄像，　任他颠倒是酕醄。

做了一回"王八里"

巧言八里是尊王， 韩屋村中食蜜糖。
赚得钱财藏托钵， 原来考据亦荒唐。

八阙网

八阙资源八阙成， 鼠标闪烁镜前明。
有情却作无心问， 小国寡民说道氓。

笔底乡情说"姚二"

无端海外说乡情， 姚二文章北大名。
谬种桐城非定论， 且观异域起南旌。

玻璃的世界

千奇百怪化刚柔， 变幻人生不系舟。
色色空空空有色， 无边镜里话从头。

曹溪寺礼佛

祭神自应入神墟， 礼佛曹溪在佛庐。

最爱顽童雕像石， 宁心笑谑亦相如。

朝鲜赋

行人述志古时风， 半岛游观半壁穷。

叹息明朝藩国赋， 无形大象意朦胧。

车助教

助教心诚数孝真， 济州三日笑声频。

可怜梦在夫君伴， 博士生涯海上春。

出关

人生漫步度关山， 国际交流视等闲。

忽忆昆明明月夜， 往来护照几回环。

春川的故事

春川丽色最难忘, 冬季情歌夏日光。
内子风云墙上面, 老夫未发少年狂。

登临城山日出峰

城山日出见奇峰, 鼎镬形成觅旧踪。
杂色人伦如粟粒, 回观落照意纵横。

丢失的"南京鸭"

南京水鸭越空行, 了却他乡美食情。
一梦依稀千里外, 仁川应识秣陵城。

恩京小姐

韩家有女曰恩京, 治事玲珑治学成。
待字闺中缘博士, 文华丽色见前程。

佛国寺

佛国精华在庆州， 新罗旧迹海天秋。
和平祈福能消怨， 但见飞檐镀色琉。

隔墙且听多明戈

无心漫步岁蹉跎， 散荡闲庭去食多。
莫怨飞歌墙内外， 如弓月色似明戈。

观看歌剧《明成皇后》

朝鲜烈后话明成， 戏内风光戏外贞。
亵陋声容羞国使， 高台激浪任人评。

街头的中国店

国食原藏咫尺旁， 他乡度日醉高粱。
无端歇业音声断， 小店油条泡豆浆。

韩国商品 ABC

厨具居冠次化妆，　刀光剪影ＢＢ霜。
三才物象难评说，　沧海月明大酱汤。

韩氏考据学

考据词章治学方，　韩家有子起傍徨。
无形大业千秋业，　胜迹名人尽入囊。

韩文书法

韩文书法亦通神，　变化方圆鸟唤春。
语则缘音形无义，　何来雏凤或鹡鸰。

韩语小手册

中韩互译袖中珍，　购物交往未弃身。
学得新词非汉国，　功成速退入机轮。

济州食马

铁马雄风血溅鞍，　济州岛上食其肝。
文成毒毙荒唐甚，　不见沙场见海滩。

景福宫的兴废

景福宫中变兽园，　残阳几度照残垣。
哀哉六百年间事，　犹忆壬辰梦里魂。

奎章阁小憩

小憩奎章阁内闲，　燕行识得旧时颜。
名声不及钱财色，　汉帝寻仙海外山。

W大冷餐会

冷餐会上聚群贤，　汉北江南两地偏。
幸运相逢多国色，　佳肴口福舞翩跹。

梨花藏美与高丽藏书

金屋藏娇汉帝宫， 长门旧曲画楼空。
他乡访学登高丽， 顺道梨花一瞥鸿。

寻走梨泰院

风流旧迹说梨园， 误走他乡市井喧。
商女歌声因使节， 何来众色伴洋轩。

乱打的节奏

乱中取胜类癫狂， 打击瓢盆奏乐章。
莫道阳春称白雪， 满堂喝破共荒唐。

免费早餐

以食为天圣训看， 他乡盛馔实艰难。
晨兴遍觅何须觅， 慷慨人生免费餐。

面试

韩生敬肃直腰身，　话语平常意态真。
抉择中文尊大国，　无心政治说人伦。

明洞大教堂

明洞巍然大教堂，　百年气象旧风光。
游心两度俳徊地，　圣教原来治国方。

南汉山城纪游

南汉山城作胜游，　新罗旧迹眼中收。
闲停寺院同僧食，　一醉新醅不系舟。

南怡岛

南怡岛国似奇谈，　拟效游心慕女男。
影像虚无情色丽，　行思旧迹见峰岚。

清凉里的"食"与"色"

食色两全性道平，　清凉里弄莫纵横。
老聃抱一可生二，　天地清宁礼节成。

庆州大陵苑

远望山峦近大陵，　相栖雁鸭水波澄。
春秋岁月等闲度，　盗贼无心十八层。

审稿与发稿

得失钱财竟为文，　韩元国币判难分。
归来重载投华夏，　异域心微眼底醺。

师生雅集

君人贰过更无三，　酒醉开襟意气酣。
雅集原来非翰墨，　夜深半月挂天南。

首尔世界杯球场

现代城池绿肺奇， 改良生态莫迟疑。

徜徉足下青青地， 一曲天然变革诗。

水原与足球

正祖行宫气象奇， 闲观一日旧城池。

巍然圣迹青青地， 足下风云说孝思。

眺望独岛

独竹音差两国殊， 悬观海上岛礁孤。

君家实控安能侮， 敢笑垂纶大丈夫。

我的"国际学舍"

时观国际舍前灯， 降陟高低十一层。

夜半敲门黄发汉， 安知笔落击飞鹏。

满目无形财

半岛江山气象恢， 无形却作有形财。
韩藩处处连城璧， 莫道中原破旧灾。

江南狎鸥亭

鸥鹭忘机未忘饥， 江南美食费寻思。
传言狎浪声情地， 不见亭台日坠时。

逍遥山行思

逍遥古道不逍遥， 乱石纷陈杂草萧。
佛寺钟声何处觅， 荒山满目路迢迢。

校友李允惠

春风沐浴海东情， 化雨催生利率赢。
跨界相逢欣跨国， 桃花灼灼唱新声。

校园春季狂欢周

仲春季节少年狂， 奔竞鼓声彻夜扬。

校舍三天人不寐， 相逢憔悴意傍徨。

写作与人生

写作人生老话题， 堂前有女说清溪。

心灵契翕无中外， 珍惜晴光听鸟啼。

夜撰《诗囚》忆亲情

匆忙一别四年空， 多少恩情旧梦中。

两度无声捐涕泣， 异乡月色入朦胧。

云岘宫与大院君

云岘宫中大院君， 蜗居末世建功勋。

同仇敌忾缘东寇， 残雪音声脚下闻。

在韩国过"三节"

金秋节日度三元， 异国他乡忆故园。
默契师生情义在， 清光伴雨亦销魂。

在韩说《庄》

向郭言庄公案成， 许黄合作谱新声。
师生挈手逍遥境， 永忆他乡一段情。

在韩中国教授会

华人海外自成团， 教授居韩有会餐。
忆昔寒酸游雪岳， 自由浪迹莫圈栏。

附

望海潮·纪梦

余客居香江,寓近海湾,夜闻涛声拍岸,渐入朦胧,恍然又见先父慈容,盛德感怀,嘘唏良久,思至清明,感赋《望海潮》词以纪梦云。词曰:

春风吹节,荃湾海岸,平沙碧浪晴空。垂钓水边,童翁伴立,闲观夜入朦胧。人世若飘篷。念羲月经岁,无意飞鸿。又近清明,听涛声旧梦相逢。　　诗心直贯长虹。忆金陵五谷,小树云松。牵手笑谈,花生佐酒,平章望岳高崇。千古再闻跫。植杖频回顾,情戚歌雍。庭院芝兰坠露,新历正辰龙。

懈翁曰:"五谷",指安徽桐城"五谷井";"望岳",杜甫诗篇,先父平反后第一篇论文即《说杜诗〈望岳〉》;"雍",《诗·周颂》篇名,祭歌,取追念先德意。

沁园春·与内子游香港离岛南丫

离岛南丫，翠映中环，快渡起凌。索罟绕榕树，渔村连接，岸临游弋，碧水清澄。天后宫前，石狮对立，辨乱东西市井萦。闲情步，最爱洪圣地，博浪飞腾。　　晴光潋滟行程。似相识群楼入海屏。有老妻作伴，履险览胜，调姿存影，岁月留声。旋矗归帆，笑谈图画，夕照平芜望太平。且饮乐，任鱼珠混目，醉眼娉婷。

懈翁曰：索罟、榕树，南丫岛海湾名；东西，天后宫前石狮作西方狮形，且市井间多洋人往来，亦暗指此；洪圣，洪圣爷海湾，为浴场沙滩；太平，香港太平山，与南丫对望。

八声甘州·梦长洲

久雨停海岸见新晴，网约赴长洲。看风烟碧浪，香江数里，借步龙舟。忠义亭前忆旧，天后庙优游。有古城垣在，怪石绸缪。　　乍热还寒时节，客舍惊沉寂，气促心浮。眼朦胧若醉，往事倩凝眸。怅平芜、有飞鸿过，愿春情、超乘越骅骝。轻衾揭、入昆仑境，梦醒床头。

懈翁曰：香江久雨，今日初晴，本拟与陈致、张宏生、梅家玲诸友作外岛"长洲"游，然因近日体病，高烧不退，未克成行，因填"梦长洲"词一阕以自慰。

又按：词章零乱，正药力奏效，高烧欲退之际。

梦江南

乙酉秋九月初六日季子结与小姊宁于祖堂山双亲墓前泣拜，成梦江南两阕。

年九十，大寿上云台。季子《金刚经》未就，慈容默默梦中来。风起卷尘埃。

冥诞日，郊祭寿筵开。百阕江南存梦忆，卅年离别又相陪。花里一丛梅。

清平乐·赠江汇学棣

唯亭顾氏，几个清奇士。笔墨波澜鱼嬉水，契翕千年知己。　　晓风又过钟山，春江如带如环。莫道诗人惆怅，心声唤出新颜。

蝶恋花·二十四中学（成美）百十年校庆志贺

百十年来沧海粟，旧校新生，点亮心间烛。欢聚课堂同庆祝，芬芳苑里人才育。　　秦淮河边春草绿，白下城中，成美华章续。晨蝶盈盈花自馥，长歌一唱阳光曲。

清平乐·元日

壬辰春节，玉兔蟾宫别。疑是飞龙轻洒雪，点点心头细说。　　鸢升直上晴天，云中一线牵连。六代青溪依旧，微风漾出新涟。

莺啼序·闽中行纪

初寒豀蒙简澹，踏云天雾路。闽中去、飞入榕城，福建师大谈赋。晚灯暗，空灵婉丽，虹光透雨朦胧布。对群生、弦荡春情，笑颜心素。　　话说相如，渴疾病魇，却琴音际会。卓王氏、新寡文君，夜奔宵遁寥赖。极穷时，当炉佣杂，运转至，千金安泰。又逢迎、惊帝宏篇，伴从华盖。　　三坊七巷，则徐林公，禁烟一伟汉。尽目处、觉民妻子，涕泪阑干，梦接飘鸿，羽轻声断。孤山石刻，绵延衢傍，商家清告，风流全被蹉跎掉，蓦欣然、国货行坡赞。围楼耸立，歪斜顺裕村头，静观半月峨粲。　　亲朋把酒，校友阆欢，燕语腾席上。莫怅望、昆仑虽远，泰岱盈柯，柳岸青溪，几人邀赏。平常度岁，何曾羁客，西江东海神怪逐，品诗间、荒忽精魂爽。年年新树葱葱，应约晴川，镜前白颡。

懈翁曰：壬辰初冬，应邀往福建师大"研究生学术节"讲赋，时细雨迷蒙，以"司马相如与汉赋"为话头，笑谈至夜半。翌日，友人伴游市区"三坊七巷"，参拜林公则徐公馆，复至林公觉民《与妻书》所述之场景，再游鼓山（词中用"孤山"以合平仄），见路边民国石刻，楷书大字，或"小儿祛风散"之医药广告，或"国货爱国"之公益广告，颇多趣味。第三日，赴闽西南，参观南靖经典土楼群，其中"顺裕""半月"，风貌各异，令人赞叹不已。师大多校友，相聚甚欢，临别依依，不胜怅然！

沁园春·癸巳元日晨兴倚声戏作

六代青山，岁岁登临，快适几人。望石城虎踞，秦淮水月，钟山如画，时序行轮。癸巳新晨，壬辰旧迹，白发红颜对镜嗔。江流转，任飞鸿云鹤，栖木游春。　　诗情赋笔乾坤，但见那天文接地文。愿龙蛇替变，清澄霾雾，心平气静，坐忘形神。俭德词章，民醇政肃，莫道中华醉梦魂。嗟谈笑，让回声寥廓，惊起鲸鲲。

鹊桥仙·财神情人共节吟

今晨何夕，声声爆竹，梦断魂销悚惕。黄金台上约琴心，笑往昔，寒酸素笛。　　香车宝马，千支玫瑰，年少春情曾觅。而今刷卡见风流，盼暴发、东西佳绩。

西江月

宋江老棣，笔名"西江"，曾就读南京大学作家班，与余有师生之谊，渠货殖有成，却情眷文艺，近出版诗、文集《赏风听雨》《千帆远影》，并由省作协主办"西江诗文研讨会"于常州（晋陵），相邀参加，因填小词以贺。

听雨赏风情境，千帆远影纵横。诗心笔意伴征程，且伴南桃北杏。　　货殖晋陵英气，西江雅集嘤鸣。当年游学六朝城，月上南园如镜。

临江仙·次韵晓卫兄 2015 年元旦有作

赴韩国全北大学参加"和而不同——东亚文化研讨会"戏成

半岛情思缘旧历，他年又到惊鸿。何曾寻得梦时踪。丰南门矗立，韩屋月朦胧。　　学问平常清淡味，何须异域求同。全州飞雪伴寒风。主人殷恳意，拌饭入喉中。

画堂春·丁酉元旦寄诸友

春风掠岸访江南,秦淮水碧如蓝。石城岁岁对晴岚,误了清谈。　　柳映楼台忆旧,人生花甲匆忙。何须浊酒话情伤,新历呈祥。

醉花间·读《闲数落花》寄赠王一涓

从前慢,采风慢,文苑观文翰。尘世却匆忙,一段人生幻。　　情深何寄盼,众相星璀璨。欣开笔底澜,闲数飞花瓣。

清平乐·戊戌春节

水边残雪,犹忆凌空月。新历编程翻旧贴,极目秦淮澄澈。　　迎来戊戌春晨,鸡鸣犬吠相闻。且伴书香轻诵,飞鸿影掠松筠。

调笑令·己亥春节

春节,春节,岁序行行故辙。回头起望初心,江南丽色可寻。惊艳,惊艳,鸿影清池渐渐。

江南春·庚子春节

辞旧岁,接新年。金陵春已近,花月映晴天。轻黏红福门楹上,庚子江南诗百篇。

清平乐·辛丑春节

盼来新岁,帘外春光细。极目云山如锦砌,淮水清流遥济。　　何田许向豳岐,石城包孕天维。运到金牛东作,牟然唤得隆曦。

清平乐·壬寅春节

金牛报捷,福虎新标帖。一岁路遥人躞蹀,最恋童颜笑靥。　　乞身犹忆青箱,风云变幻思量。真趣宛如天籁,抱怀吟啸诗狂。